ときを紡ぐ（上）

昔話をもとめて

小澤俊夫

表紙題字　田名洋子
表紙絵　小澤星夜
装丁　宇佐見牧子

目次

まえがき

この本は、季刊誌『子どもと昔話』に連載中の「糸つむぎ」のうち、回想記的な部分をまとめたものの上巻です。

わたしは今年八十七歳の昔話研究者ですが、振り返ってみると、たくさんの人の優しい心と、大切な言葉で育てられてきたと思います。その大切な言葉を残しておきたいと思うのです。そして、当たり前の話ですが、なんといっても両親からの影響が圧倒的に大きかったので、それも書き留めておきたいと思います。

わたしは小学校五年生の一学期まで、中国の北京で育ちました。当然のことながら、中国人は毎日目の前にいたので、中国人と日本人の違いを毎日経験していました。それで自然に、民族とは何だろうと思うようになり、それが昔話の比較研究につながっていったように感じます。

中学時代、三年生の八月十五日までは、戦争の最中でした。戦場そのものの体験はありませんが、戦争をしている国がどんなだったか。これも書き残しておきたいと思っていることです。

北京時代には、日本兵たちから、戦場での手柄話をたくさん聞きました。手柄話の内容は、言い換えれば全部、中国の庶民への残虐行為でした。日本国内にいるときには優しい父であり、息子であった人たちが、中国では鬼畜のような日本兵だったことを知ってしまいました。このことはほとんど知られていないことなので、どうしても書き残しておきたいと思ったのです。

昔話の研究などというものは、人類の文化の研究としては極々小さな分野ですが、どの民族でも年寄りは孫や子どもに話を聴かせてきたのだから、逆に、人類に最も密接な文化の研究だともいえます。そんな昔話の研究とその伝承に一生を捧げるに至ったのは、今から見ると、そこに大きな偶然とかすかな必然性があったように感じます。そんなことも、ひとつの小さな実例として書き残しておきたいと思います。

昔話の研究は世界的に見て、第二次世界大戦終結後に大発展をしたのですが、わたしはちょうどその時期に研究を始めたので、世界の昔話研究を発展させてきた偉大な研究者たちに、若造として直接お会いすることができました。そのことも、研究史の一端として書き残しておきたいと思います。それは主として続編になりますが。

わざわざ本にするほどのことではないのですが、このような思いを込めて、敢えて本の形にいたします。

本にするにあたっては、題字は那覇昔ばなし大学の書家、田名洋子さんに、表紙絵は孫の高校一年生、小澤星夜君に、編集は小澤昔ばなし研究所の長崎桃子さん、高橋尚子さんにお世話になりました。記して感謝します。

二〇一七年四月十六日　　　　小澤俊夫

第一部　戦争の時代　瀋陽・北京・立川

夜空に消えていった花火

ぼくの最初の記憶は、父が夜空に打ち上げてくれた花火である。

当時の「満州国」奉天市（現在の瀋陽市）の春日町というところだった。女学校に隣接した家の前の暗い路で、花火好きの父が、ビール瓶に打ち上げ花火を立てて、マッチで火をつけたときのこわい気持ちと、次の瞬間、シュッと音を立てて真っ暗な空へ飛んでいった小さい火の玉と光の線を今でもおぼえている。

それは一九三三年（昭和八年）の秋のことだと思う。今から考えると、いわゆる満州事変勃発の二年後で、ぼくは三歳半だったはずだ。

もうひとつの記憶は、これもこわい記憶だが、家の中へピストルの弾が撃ち込まれた事件である。二階の食堂で、みんなでお昼御飯を食べ始める直前のことだった。そのころ母方の若い親戚たちが来ていて、にぎやかなお昼になるところだった。ぼくは、子どものころ何をするにも遅くて（今でも変わらないが）、廊下の奥の窓際にある手洗い場で、ひとり遅れてゆっくり手を洗っていた。何回かおとなたちに呼ばれて、やっと手を洗い終えてみんなのところへ来た途端、うしろでガチャーンとガラスの割れる音がした。

ぼくは何が起きたのかわからなかったが、おとなたちは総立ちになって、緊張した顔で音のしたほうへ走っていった。ぼくはなんだかわからないまま、一番後からついていった。おとなたちの脚ばかりが見えた。

それはピストルの弾が撃ち込まれたのだった。弾が手洗い場の窓ガラスを破り、廊下を越えて、つぎの部屋のふすまに刺さっていた。みんな震え上がっていた。よく見ると、弾が撃ち込まれたのは、ちょうど、ついさっきまでぼくが手を洗っていた高さのところだった。みんなは、ぼくがあと一分長く手を洗っていたら、ぼくに命中していただろうといって、胸をなでおろしていた。ぼくもこわかった。

もちろん、親はすぐ警察に届け出た。警察が来ていろいろ調べたが、何もわからずじまいだった。母のいうには、二百メーターほど離れたところに警察の宿舎があり、そこのテラスで、子どもがピストルをいじっているのを度々見かけたことがある。そういういたずらのうちに、暴発したのではないかということだった。しかし警察は犯人を発見できなかったとして、調査を終了した。身内の子どもの暴発であれば、当時の警察が正直に公表するはずはない。

ラグビーとスケート

その後、父が平安通りという新興住宅地に家を建て、ぼくたちはそこに引っ越した。庭に小さなブランコと砂場があった。家の向かい側には、大きな陸上競技場があり、その右側にラグビー場があった。ラグビー場では、練習や試合がよく行われていた。ぼくは、選手が蹴ったボールが、真っ青な空を背景にしてH型のゴールに吸い込まれていくのを見るのが大好きだった。

旧満州は極寒の地なので、陸上競技場は、冬には広いスケートリンクになった。当時、オリンピックのフィギュアスケート選手として人気の高かった「せっちゃん」こと稲田せつ子が、ヨーロッパへの往路か復路に瀋陽に立ち寄った。シベリア鉄道での旅だったのだろう。瀋陽滞在中にスケートリンクで美技を披露した。ぼくは兄とともに母に連れられて見に行った。「せっちゃん」は、なんだか不思議にぐるぐる回ったり、飛び跳ねたり、体をくねらせたりしていた。

スケートリンクは家の目の前なので、冬の間、ぼくたちは毎日滑りに行った。といってもぼくは、多分四歳くらいで、初めて滑るのだから転んでばかりいた。それでも上手なスケーターたちに混じって、大きな周回コースも回った。あるとき、滑っては転び、滑っては転びしているうちに、力尽きて、コースの真ん中で仰向けに転んだまま、氷の上にのびてしまった。母は観客席で見ていたのだが、なにしろコースの沖のほうなので、助けに行くこともできず、はらはらしていたそうだ。そんなことも知らないぼくは、氷の上で、冷たい風を心地よく頬に受けながら、真っ青に澄み切った空をゆっくり眺めていたことをおぼえている。ぼくの脇を、スケーターたちがすいすい滑っていった。スケートの刃がよく見えた。

瀋陽の平安通りの家に居たころ、こわい事件があった。当時、父の末弟、小澤静が同居していて、満州医科大学に通っていた。彼の部屋は玄関を入った左手にあった。

　ある日の夜、彼の窓を激しく叩く者があり、日本人の女性が大声で救いを求めたのである。彼がとびだしてみると、その人の娘さんが今、夜道で人にさらわれたという。わが家は騒然となった。父はいなかった。ぼくは、よくわからなかったが、こわかったことをおぼえている。

　彼はもちろんすぐに警察に電話をした。直ちに警官が数名かけつけてきて捜索を始めたようだ。翌日になって、娘さんはその夜のうちに無事発見、救出されたという知らせがきた。わが家はみんなほっとした。

　そのころは、日本軍と日本人が次第に勢力をひろげつつあり、いろいろな事件が発生し、反日感情が現地中国人（当時は満州人といった）の間にひろがっていた。日本人のおとなや子どもの誘拐事件も頻発していた。

ドイツ留学を志した父

　父は元来、長春で歯医者をしていたが、満州事変勃発とともに歯科医院を他人にゆずり、協和会創立委員や、東亜連盟中央委員として政治に没頭していた。

　父が当時の満州で歯科医として働くに至るまでには、いろいろな偶然が重なっていたようだ。父は山梨県の高田村で生まれ、苦学して国家検定試験を受けて歯科医になった。そして医学の先進国ドイツへ行って歯科医としての研鑽を続けようと思ったそうだ。ドイツへ行くには当時シベリア鉄道で行くのがふつうだったので、まず大連へ渡った。そこで経験を積むために、また、旅費をためるために、日下歯科医院に勤務しはじめた。そのうちに、汽車の中でたまたま大津隆という人と知りあった。ふたりとも野球が好きだったので大いに気が合った。あげく、大津の姪、若松さくらを「嫁さん候補」として写真で紹介された。さくらは仙台出身の二十歳の娘だった。当時、東京に住む大津の弟、大津正宅で、タイピストになるための勉強をしていた。彼女は富士見町教会でキリスト教の洗礼を受けたばかりだった。

大津が見せたさくらの写真は、庭でにこやかに笑っているスナップ写真だった。のちに父がよく話したところでは、父は手相見だか占師だかに、大柄の明るい娘を嫁にもらえといわれたことがあるので、その写真で即座に決めたのだということだった。

のちに母がよく、「お父さんがとてもハンサムな写真を送ってきたけれど、あれは、写真屋さんによっぽどワイロを贈ったんでしょうね」といって笑っていた。

とにかくさくらは、写真だけで結婚を決意し、母に伴なわれて仙台から長春に来て結婚した。結婚式のその晩から、いくら待っても帰ってこないような夫だったそうだ。このあたりのことは小澤さくら著『北京の碧い空を』（角川文庫、二〇一五年小澤昔ばなし研究所より復刊）に詳しい。

そのうちに、関東軍と張作霖軍閥との緊張が高まり、張作霖爆死事件などが起きた。父は、関東軍参謀板垣征四郎と石原莞爾の思想に共鳴し、歯科医の傍ら、民間人として彼らの仕事を側面から助けていた。

飛行場を作るといって出ていった父

母の思い出話によれば、父がまた数日帰宅しないことがあった。気にはなったが、いつものことなのでどうしようもなく、子どもふたりを育てる生活をしていた。と、ある晩帰ってきたと思ったら、たんすを開けて、札束を持ってそのまま出ていってしまった。いったのは、たったひとこと、「今夜中に飛行場を作らなければならないんだ」ということだけだった。

母はあっけにとられたが、父は行ってしまった。のちに、ぼくらが父から聞いたところでは、関東軍と中国軍閥との小ぜりあいが激化し、関東軍への補給のため、急遽飛行場が必要になった。ところが軍にはその準備金がなかったので、父があり金をすべて使って、人夫をやとい、工作道具を買い入れて、一夜にして飛行場を完成させたということだった。

父は板垣征四郎、石原莞爾を尊敬し、石原のつくった東亜連盟の中央委員をしていた。そのころ生まれた三男には、ふたりの名前をもらって征爾と名づけた。そのことを板垣に話したとき、板垣は、「名前にするなら石原のほうが偉いんだから爾征とすべきだ」といったという話を、父から聞いたことがある。そのとき、板垣が書いてくれた「少年老い易く、学成り難し、一寸の光陰軽んずべからず」という掛軸を、母は大事にしまっていた。

父からは後年、ぼくが小学校上級、中学に進んでから、当時の満州の政治状況、日本軍内部の確執、日本官僚のひどさなどを、度々聞いた。

当時日本陸軍の中には、板垣・石原系と東條英機系が力を競っていた。満州は共産主義への防波堤ということで、関東軍が強かったが、満州国が建国されると共に、日本の官僚組織がそこにも持ち込まれた。岸信介をはじめ、日本の中央官僚が満州国を支配するようになり、日本と同じ官僚主義がはびこり始めた。

陸軍内では東条軍閥が覇権を握り、石原は退役し、板垣は南方軍司令官に移された。五族協和の精神で創立された協和会も日本官僚の支配するところとなり、五族協和は言葉だけになり、実際には日本帝国による支配という姿がはっきり見えてきた。民間人の中にも山口重次など、官僚支配に抵抗する人脈はあったが、やがてそれも追放され、仕事をしにくくなってきた。そのころ、父は（たぶん山口重次から）、「君は中国へ行って、五族協和をもう一度やり直せ」といわれ、わが家は一九三六年（昭和十一年）秋、奉天から北平《ぺいぴん》（今の北京）へ移住することになったのである。

征爾の誕生

一九三五年九月一日に、父母の三男、ぼくの弟が生まれた。うちには、父の故郷から遠縁の女性、かずえさんときよじさんが家事手伝いに来ていた。ある夜、ぼくが目をさましたら、母とひとりのお手伝いさんがいなかった。母のふとんがからっぽになった、荒涼とした部屋の様子が、今でも思い出される。五歳のぼくには余程ショックだったのだろう。

征爾と名づけられた赤ん坊はかわいかった。一歳ごろになると、庭の砂場で、足を砂の上になげだして座っていたのをぼくはおぼえている。

兄 克己（7歳）、ぼく（5歳）、征爾（0歳）、母さくら

そのころ、近所に、父の同僚の矢部さん一家が住んでいた。その長男はぼくと同じ年だったので、よく一緒に遊んだ。

あるとき、彼が、うちの玄関の門扉の格子に頭をつっこんで遊んでいるうちに、頭が格子から抜けなくなった。彼はパニックをおこし、大声で叫びはじめた。ぼくはどうしていいかわからず、ただ、わきに立っていた。父がとびだしてきて、この光景を見るや、「これは切らなきゃだめだ」と叫んで、うちの中へとびこんでいった。ぼくは彼の首を切るのだと思って、父がのこぎりを持ってとびだしてきたときには、心臓がとまりそうだった。もちろん、父が切ったのは木の格子だった。

北京へ移住

新開路三十五号

一九三六年（昭和十一年）秋、ぼくら一家は平安通りの家を出て、奉天駅から、北京行きの汽車に乗った。山海関《さんかいざん》を越えていく長旅だった。北京では、父は東単牌路《トンタンパイロ》の新開路三十五号に家を買ってあったのだが、畳を入れるなどの改装に時間がかかり、まだ住めなかった。ぼくらは扶桑館という日本旅館で約一ヶ月すごした。兄はすぐに、日本人学校に編入学した。ぼくは翌年四月、一年生として入学した。日本人学校の校長は大越先生、一年担任は冨永よし先生という女性だった。場所は天安門の近く。王府井《ワンプージン》をこえるとすぐのところだった（二十年程前には政府機関が使っていたが、今はどうだろう）。

そのころは、まだ、北京在住日本人は少なく、一学年一クラスだった。大使館員の子ども、医者の子ども、教員の子ども、商社の子どもなどだった。

一年生の毎日は楽しかったが、町では時々こわいことがあった。抗日運動は日に日に高まりをみせ、日本人誘拐のうわさもあった。知人の父親で、石炭商として成功していた人が行方不明になった。この人はついに発見されなかった。

ある日、学校の前の大通りを、大きな旗を持った人がたくさん通った。今でいうデモだったのだろう。学校では、ひとりで下校することを禁じ、各家庭に電話して、迎えに来るよう要請した。

授業参観の日、うしろに親たちが立ち並んだ。ぼくは体が大きかったので一番うしろの席に座っていた。何かを帳面に書いたが、それを消すはめになり、一生懸命に消していた。するとうしろに立っていた、歯医者の子のお母さんが、「あんたは、きちょうめんね」といって消すのを手伝ってくれた。ぼくは「きちょうめん」てどういう帳面なんだろうと思った。「黄帳面？」でも、ぼくの帳面は黄色くなかった。このイミがわかったのは、ずっと後のことだった。

嵐の中の征爾の急病

北京の夏は猛烈に暑い。道路のアスファルトもとけるほどである。一九三七年の夏、父は、大連近くの熊岳城《ゆうがくじょう》という海辺の保養地に別荘を借り、家族はそこで夏をすごすことになった。

夏休みは七月一日から八月末までだった。七月一日、ぼくらは北京を出て、天津まで汽車で行き、そこで親戚の家に泊まり、二日に客船淡路丸で港を出た。船は東シナ海へ出て、おだやかに進んでいた。夕食は楽しく食べた。食後にバナナが出た。丸二歳直前の征爾は、バナナを食べた後、テーブルにあったバターの球を、あっという間につかんで食べた。

夕食直後から海が荒れ始めた。当時は台風の予想などできないので、いきなり嵐におそわれた思いだった。船は激しくゆれた。ぼくは、兄と共に二段ベッドの上段にいたのだが、ベッドから落ちないように、へりにつかまっていた。船窓からは、空が見えたと思うと、荒れ狂う海ばかり見える。それが交互にくる。あちこちで食器や何かの割れる音がした。船員たちも、手すりにつかまってやっと歩くありさまだった。

その最中に征爾が高熱をだした。船員が、船客に医者はいないかとたずね歩いてくれたが、医者は現れなかった。いたとしても、船酔いで動けなかっただろう。しばらく時間が経ったが、征爾の様子はよくならない。すると母が、泣きわめく征爾の口を手でこじあけて、ひまし油を飲ませた。ぼくと兄は、上段のベッドからそれを見ていた。母の必死の様子が、今でも思い出される。そのとき母は二十七歳だったと思う。

命を救ったひまし油

しばらくして、征爾はひまし油のおかげで、腹の中のものを全部出した。そして熱も下がった。救われたのだった。これらすべてが、大ゆれにゆれる船の中で起きた。ぼく自身も酔っていたのだろうが、征爾のひまし油騒動があまりに強烈だったので、そればかり目の前にこびりついている。自分が船酔いで苦しんだ記憶は消えてしまった。母はのちにこのときの苦しさを、「『ああ、あの波の中に飛びこんだら、この苦しみが一瞬にして無くなるんだな』というへんな気持ちに襲われた」と書いている(『北京の碧い空を』)。

このとき、母のひまし油がなかったら、征爾のその後の人生はなかったかもしれない。征爾の命を救ったひまし油について、母からはこう聞いている。女学校時代、家政科の授業で、ひまし油の効用についての話があった。先生が最後に、「どんなことがあるかわからないから、ひまし油だけはいつでも手許にもっていること」といった。それが忘れられなかった。北京の家から二泊三日の旅に出るとき、彼女は、幼い子どもたちのために、いくつもの薬を用意した。ところが、夫が、「わずか二泊三日の旅にそんなものはいらん」ときつくいうので、一度カバンにつめた薬類を全部出した。しかし、あの先生の言葉がどうしても頭にこびりついていたので、ひまし油だけは、こっそりハンドバックに入れなおしたということである。

このときの病気について、わが家では、バナナとバターの食べあわせが悪かったのではないかと誰かがいいはじめ、それが信じられていた。それで征爾は長ずるに及んでも、その二つは食べあわせないほうがよいと信じていたふしがある。しかし、実は、バナナが古かったのではないかという説が後で出てきた。翌三日の朝になると、台風一過、海はおだやかだった。しかし、征爾が疫痢と判断されたため、船は大連港外で長時間の検疫を受けた。

大連上陸後、征爾の病気が完治するまでは避暑地へ行かず、大連のヤマトホテルに滞在していた。そして多分七月八日の朝刊を見て、父は盧溝橋で日本軍と中国軍が衝突したことを知ったのである。

日中戦争の始まりとなった盧溝橋事件である。

父が立ったまま新聞をひろげて読んでいる姿をおぼえている。緊張した空気だった。父はすぐに北京へ帰るといい、飛行機の手配を依頼したようだった。

大連での暮らし

父が帰ってしまった後、母とぼくら子ども三人とお手伝いさんふたりは、予定通り熊岳城へ行って夏をすごした。この夏、熊岳城一帯に大雨があり、川の堤防が決壊して洪水になった。あたり一面が水に覆われ、残った木に大蛇が巻きついて、水難を逃れていた。父のいない間の洪水だったので、ことのほかこわかった。

二学期が始まるころになっても北京へもどることはできず、兄とぼくは大連の朝日小学校に編入学した。母は四番目の子をお腹に宿していて、十月にはお産のために入院した。

家は、母の姉一家がトラック運送業を手広くしていたので、その裏のアパートを借りて、仮住居とした。姉一家にも、大体同じ年ごろの娘三人と息子がひとりいて、ぼくらにとって、いい遊び相手だった。

転校生として

二歳の征爾が、あの疫痢の後中耳炎を患い、泣いてばかりいた時期があった。母やお手伝いさんが征爾を抱いて、家の前の道を行ったり来たりしてあやすのだが、いっこうに泣きやまなかった。赤ん坊の泣き声は、ぼくにはことのほか悲しく聞こえた。というのは、ぼくにとって朝日小学校はつらいところだったのだ。

北京の小学校では、ぼくは体は一番大きいし、一番古くからいる子どもだったし、みんな知っている子だったので、毎日楽しかった。ところが朝日小学校では編入者で、どこから来たのかもわからない存在だった。その上ぼくは火傷のために、ふつうの子とは違う顔をしていたので、今でいうイジメの対象になってしまったのだ。毎日、いろいろな言葉で傷つけられた。仲間にも入れてもらえなかった。しかし、人の前で泣くのはいやで、学校の植え込みにかくれて泣いたこともあった。うちに帰ってきても、母はお産のために入院してしまっていてさびしかったのだろう、便所に入って泣いていたことをおぼえている。

二年生になるときには北京にもどっていたので、もうそんな悲しみは味わわなかった。だから朝日小学校での半年の悲しい毎日は、後から考えれば、ぼくにとってかけがえのない貴重な毎日だったと思う。ぼくはこの半年間に、弱者の悲しみを初めて思い知らされた。そのことはその後いつまでも影響してきたように思う。ぼくはいろいろな状況のなかで、そこで一番弱い人のことが気になって仕方ない。はずされている者、無視されている者、じゃま者扱いされている者、いじめられている者に、どうしても目が行ってしまう。

幹雄の誕生

のちに母が語ったところでは、入院中の母は、子どもたちのこと、特に中耳炎の征爾のことが心配で、早くお産をしてしまおうと、毎日、病院の廊下を「おいちに、おいちに」といって、歩いていたそうだ。

一九三七年（昭和十二年）十月二十四日に、第四子が生まれた。名前は誰が考えたのだろうか。ぼくは、母が北京にいる父に、「ミキオデヨイカ」という電報を打ったことだけおぼえている。

当時から六十五年後の二〇〇二年、母が脳梗塞で倒れた後、小康状態を保っていた時期に、ぼくは母に、「幹雄という名前は誰がつけたの」と聞いたことがある。すると母は、「女の子だと思っていたからねえ。幹雄は私が考えた」と話してくれた。

母は三人も男の子を産んだから、今度は女の子に違いないと思っていた。それで、着るものも名前も、女の子を想定して、準備をしていたようだ。

北京へもどる

大連の冬は寒かった。寒い夜、なぜか駅前に行ったことがある。広場のすみに「福神漬け」を売る屋台があった。その福神漬けを、おいしい！　と思って食べたことを鮮明に憶えている。

一九三八年春、二年生の新学期は北京で迎えた。久しぶりに帰って、盧溝橋事件直後の、北京の日本人たちの緊迫した様子をいろいろと聞いた。日本人は皆、日本大使館に集められて、数日を過ごしたということだった。

新開路の家は無事だったが、父の机の引き出しをあけたとき、ピストルが二丁入っていたのを見て驚いた。父はしかし、自分は一度もそのピストルを手に持たなかったといっていた。「おれは民間人だからピストルは持たない。おれの仕事はピストルのいらない仕事なのだ」と、父はいつもいっていた。

北京の生活

たくさんの屋台

中国人の生活は、日本人とどこか違っていた。そのころは多くの中国人が、朝早く小鳥を鳥籠に入れて、広場や、公園や、町の隅にじっと腰かけていた。小鳥のさえずりに耳を傾けているのだ。この習わしは、老北京《ラオページン》（きっすいの北京人）の習わしで、日本人がふえるに従って消えていったといわれていた。

中国人は朝食を家庭の外で食べるのがふつうである。町のあちこちの広場には一面に屋台が出て、思い思いのものを買って、細長い木のベンチにすわって食べる。大餅《ターピン》は、小麦粉を油でこねた焼きもので、直径一メートルもありそうな大きなものだった。それを値段によって切り取って買う。小餅《シャウピン》は、やはり小麦粉をこねて、表面にごまがまぶしてある。ぼくは小餅が好きで、よく弁当として数個学校へ持っていったものだ。豚汁屋では、大鍋に、豚のあらゆる部分が刻まれて入っていた。内臓類はもちろん、首はまるごと、脚のひずめ、とにかく全部煮込んであった。ユーチャークァイは、小麦粉をうすく練って油でさっと揚げたもの。天婦羅のころもだけのようなものだった。おいしかった。

その他、ありとあらゆる食べものの屋台が並んでいた。大きな広場へ行かずとも、町の隅のいたるところで、誰もが小さいベンチに腰かけて朝食を食べていた。

ラーメン屋は、練った小麦粉の棒状のものを二つに折って四本にし、さらにそれを二つに折って八本、十六本とだんだんに細くしていく。それを掛け声とともに空中へ投げ上げてするので、ぼくはいつも見とれていた。おとなになってからまねしてみたが、とてもまねできることではなかった。

ぎょうざの屋台では、おじさんが、きりの柄のようなもので、ぎょうざの皮をのばす。その手さばきの速いこと。小さな玉が、あっという間に丸い平らな皮になり、あっという間にそれに具を包み込んでいく。ぼくは学校の往き帰りに、しばしば見入っていた。できあがったぎょうざは同じ大きさ、同じ形にきれいに並んでいった。ぼくのうちでも、ぎょうざを作るときには、家族みんなで皮をのばし、具を包んだが、ぎょうざ屋のおじさんの速さは、いくらまねてもできなかった。

朝早く、まんとう屋が大声で独特の売り声をあげながら、通りを流してきた。肉まん、あんまん、何も入っていないまんとうなどだった。その声は今でも耳にこびりついている。こんなよび声だった。

まんとう屋は左手で自分の耳をおさえて、「まんとう、いくついりますか」と、ろうろうと呼ばわるのである。弟の征爾はまんとうが大好きで、このよび声がはるか彼方から聞こえると、いつもガバと起きあがって、「あ、まんとうだ」といった。そしてみんな朝食にはしばしばこのまんとうを食べた。

うちに中国人のボーイがいた。家族そろっての住み込みだったので、ぼくは時々そこへ遊びにいった。野球ボール大のガラスの玉に、小さい金魚やおたまじゃくしを入れて、ひもでぶらさげてあった。おたまじゃくしは、お腹をこわしたときの薬だといっていた。生きたまま飲み込むと、なおるということだった。あれは本当だったのだろうか。もしかすると、ぼくらが本気にして目を丸くするので、ボーイがおもしろがってかついだのかも知れない。

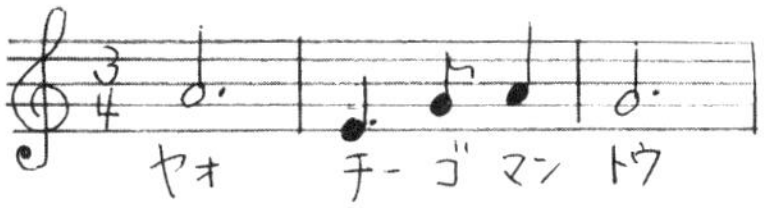

まんとう屋のよび声

中国料理店

中国は、街頭の屋台で食べる食べものもおいしいが、宮廷料理の流れをくむ中国料理店の料理も、もちろん豪華である。明や清の時代から宮廷料理を作っていたという老舗がいくつもあった。父は、日本から賓客があると、よくそういう店に招待した。ぼくらもついていった。コースは長時間にわたる。前菜が気に入ってたっぷり食べてしまうと、後のほうの本菜には手が出せなくなる。そういうときのために、部屋には必ずベッドが二つ三つあって、そこでしばし横になって、腹のこなれを待つのだそうだ。そうやって、やっとコースが終わると、最後に火鍋子《ホーコーズ》という鍋ものが出る。ふつうの日本人には、もうとても手が出ない。

火鍋子は、それ自体でも、独立した料理として使われる。火鍋子鍋は、まん中に太い煙突が立っている炭火鍋である。わが家では、母がよくこの鍋料理をした。のちに一九四一年（昭和十六年）五月、日本へ帰国するときには、愛用の火鍋子鍋を、大事に毛布に包んで荷物に入れた。ところが、入国審査のとき、大きな毛布包みが注目され、完全に開けさせられた。母とお手伝いさんとで、やっと包みを開け、審査官に見せた。審査官は、鍋が出てきたので、がっかりしたことだろう。この火鍋子鍋を、母はなおしなおして、最期まで使っていた。二〇〇二年二月、脳梗塞で入院したときには、世話してくれる看護婦さんたちに、「なおったら、うちで火鍋子をご馳走しますね」といっていた。母は約束を果たさず亡くなったので、ぼくら兄弟家族がその約束を果たした。

現在、日本の中国料理屋では、客が残りものをパックに入れて持ち帰ることが、当たり前のようになっている。日本料理店とか、フランス料理店では見られない光景である。実は中国の料理屋でも、残った料理を捨てない合理的な習慣があるのである。

あるとき、父がお客を、名のある中国料理店へ招いた。ぼくら家族も一緒に行った。宴が終わって、みんな引き上げた後、ぼくは何か忘れものをして、宴会の部屋へかけもどった。すると、中国人のコックから給仕から、たくさんの人が集っていて、残りものを食べている光景にぶつかったのである。いろいろな料理を、ごった煮していたように思う。高級料理店でも、食べものは捨てないのである。中国人の実質性、合理性がよく表れている。いい習慣だと思う。

遊び

街頭では、子どもやおとなの、さまざまな遊びがあった。とても強い印象を受けたのは、曲芸だった。大道芸人たちである。芸人といっても、子どもが多かった。宙返り、つな渡り、輪くぐり、火遊び、体を蛇のようにくねらせる奇術など、人間の体のあらゆる可能性が追求されていたと思う。要するに、毎日、街頭で、高度なサーカスをしているという具合なのである。彼らなら、オリンピックの床運動とか、鉄棒、鞍馬などは、その気になればすぐできる芸にちがいない。彼らがオリンピックのルールにのっとってやり始めたら、世界のトップクラスがたちまち続々と誕生することになるだろう。

数人が円陣を組んで羽根が地面に落ちないように蹴りあう遊びもあった。多分、日本の神社にも残っている羽根蹴りの元だろう。重りのついた羽根を足で蹴りあげて遊ぶ。やりとりはいつ果てるともなく続く。足と羽根が糸で結びつけられているように、正確に反応しあうのである。これがボールになればサッカーなのだから、中国人が本気になってサッカー技術とルールを身につけたら、とても強いチームになることだろう。もちろん、今でもそういう遊びが毎日行われているかどうかの問題があるのだが。

中国人の夫婦喧嘩

中国人と日本人の習慣の違いは、いろいろな面で感じられた。最も驚いたのは夫婦喧嘩のやり方である。ある日、うちの新開路の道に、突然黒山の人だかりができた。まん中でおばさんが泣き叫んでいる。何事かと思って、人垣の間にもぐりこんで前のほうへ出てみたら、近所の中国人のおばさんがわめいている。ぼくにも大体のことはわかったのだが、うちの亭主は、私にこれこれのことをした。私がいくら抗弁しても聞き入れてくれない、とわめいているのである。

夫婦げんかは、夫婦の間でやるだけでなく、最後にはこうして、街頭で大衆に訴えるのだそうである。とりまく野次馬のなかからは、ああしろ、こうしろとか、それはおまえが悪いんだなど、勝手ないちゃもんがつけられていた。こういう夫婦げんかは、日本では見たことがない。それにしても、あのとき、亭主はどうしていたのかと思う。きっと遠くへ逃げ出していたのだろう。

わが家の生活

新開路のわが家は、大きな邸宅だった。小澤公館とよばれていた。両脇に狛犬のいる赤い門には金属の取手があり、来客はそれを叩いた。呼び鈴のようなものである。入ると右側に事務室、正面に小さい中庭があり、そのまん中には、応接間に通じる石の通路があった。左側にはボーイのいる部屋、その奥にボーイの家族棟、その奥に車庫。中央の応接間を抜けると広い中庭。その正面に大きな居間。居間の左側に畳の寝室、中庭の左の房子《ファンズ》（いくつかの部屋からなる一区画）は、客人たちが泊まるいくつもの部屋、右側は食堂と、お手伝いさんの部屋。食堂と中央の居間の間に台所や風呂場。この房子の配置は当時、北京の裕福な家の典型的な形である。広い中庭では、春秋のいい季節には、ござを敷いて、三男征爾と四男幹雄たち幼い子の食事や、お遊びがくりひろげられた。征爾は、まんとう売りのよび声で目をさますと、中庭で、朝食にまんとうを食べることがよくあった。

北京の冬は寒い。雪はほとんどなく、乾燥した寒さである。北海公園や中南海公園の大きな湖も全面氷結する。兄が小学五年でぼくが三年の冬、ぼくらはうちの中庭をスケート場にしようと思いたった。作り方は簡単である。晩方にホースで中庭に水をまいておけば、翌朝には全面が凍っている。それを幾晩か続ければ、滑らかなスケート場になるのである。中庭スケート場ができてからは、ぼくらは一日中スケートをしていた。友だちもたくさん滑りにきた。ぼくは、一日中スケートをして、夕ご飯に食堂へあがってきてぎょうざを三十六個食べて、またすぐスケートをしに庭へ出ていったことがある。ぎょうざとスケートで明けくれた冬だった。

母の話では、父も中庭スケート場でスケートをやってみたことがあるそうだ。ある晩、父がおそく帰ってきた。子どもたちと母は、もう畳の部屋で寝ていた。母が、父が帰ってきたなと思って聞き耳を立てていると、父が何やらごそごそしている。そのうちに、スケート靴をはいたらしく、そのままスケート場へおりていった。どうするのかと思ってカーテンをそっと開けて見ていると、父は、転ばぬ先の杖の代わりに庭用の椅子を押しながら氷の上へ出ていった。と椅子を抱いたままステンところげてしまった。起きようともがき始めたが、厚いオーバーを着ているので身動きがままならない。椅子を抱いたまま、あっちへごろごろ、こっちへごろごろ転がるが、いつまでたっても起きられない。母はカーテンのかげからこれを見て、おかしいやら見ているのが悪いやらで、ひとりで腹をかかえて笑っていたそうだ。そういえば、父はぼくらの前では一度も滑らなかった。

ぼくら一家に大きな楽しみを与えてくれた中庭スケート場だったが、しまいに大変なことになってしまった。氷で凍結されたために、中庭の地下に埋まっていた水道管がメチャメチャに破れてしまったのである。復旧工事は大変なことになった。庭を完全に掘りおこして、何日もかけて行われた。中庭スケート場はひと冬で終わりを告げた。やっと歩けるようになった征爾に、兄とぼくでスケートを教えたのは、この中庭スケート場だった。

日中戦争勃発後の北京

母のすもう

新開路のうちには毎日、学校の後、友だちがたくさん遊びにきた。後で母から聞くと、一九三七年（昭和十二年）の日中戦争勃発後、中国人による日本人拉致事件が頻発したので、うちで遊んでいれば安全と思って、積極的に友だちを誘ったということだった。兄の友だちといえば小学校高学年で、もう体も相当大きく、力も強かった。母は、そういう子どもたちが中庭ですもう大会をすると、いつも仲間に入ってすもうをとった。決して負けなかった。兄の友だちで一番強い子も、母にはかなわなかった。母が勝つと、その子が、「おばさん強いなあ」といって感心したそうである。母の自慢のひとつだった。

日本人が拉致されるという心配はつねにあったが、それでも小学生時代を十分楽しんだと思う。ぼくと兄の友だちがそれぞれ来るので、家はいつも賑わっていた。新開路をへだてた近くに土を大きな山に積み上げたところがあって、ぼくたちの格好の遊び場だった。トンネルを掘ったり、山を巡って追いかけっこをしたり、まさに冒険の場所だった。

ときには、足を延ばして、街を囲む城壁までみんなで遊びにでかけることもあった。北京の街は全体が城壁で四角に囲われていた。所々に城門があり、そこを通らなければ街へ入れないようになっていた（戦後、城壁はすべて取り壊され、大通りになった。いくつかの城門が残るのみである）。城壁は、外敵を内側から攻撃するためのものなので、内部は複雑な構造になっていた。複雑な階段と迷路は、ぼくたちにとって、冒険するに格好の場所だったのだ。

大連に避難中に生まれた四男の幹雄は、かわいらしい赤ん坊だった。いつもにこにこしていて、兄のぼくから見てもかわいらしかった。お手伝いさんが赤ん坊の幹雄を抱いて、家の前の路上をいったりきたりしていたら、日本兵が近よってきてあやした。「自分にもこのくらいの赤ん坊が日本にいる」といって離れず、とうとう家の中に入ってきた。母は歓待して家庭料理をご馳走した。それ以来その日本兵は、時々、幹雄の顔を見に寄ったがそのうちに来なくなった。どこかの戦場へ移動していったのだろう。無事に子どものもとへ帰っただろうか。

日本人学校

一九三七年（昭和十二年）に小学校に入学したときの担任の先生は、冨永よし先生という、やさしい若い先生だった。冨永先生とは戦後、長く音信不通だったが、十年ほど前、名古屋にお住まいであることがわかり、お目にかかったことがある。お年を召しておられるがお元気で、七十年前の先生のお姿と、一年生の自分の意識がよみがえって、楽しい瞬間だった。

一学年一クラスの小さな学校だったので、大越校長はじめ、全体が家族のように親しかった。誰かの誕生日には、その家におよばれして楽しかった。だがつねに拉致される危険に対して警戒していなければならず、たいていは家の中で遊んだものだ。

前述のとおり、ぼくは、一九三八年の春に大連から北京にもどり、二年生になった。日中戦争が勃発してから、北京への日本人の流入が急増していた。日に日に街に日本人の姿が多くなったばかりでなく、小学校への転入も多くなった。二年生のとき、秋山さんというかわいい女の子がクラスに入ってきた。

お父さんは大使館の「さんじかん」だということだった。ぼくは、うちに帰ると母に、「秋山さんのお父さんはさんしゅうかんなんだって」と報告した。母は怪訝な顔をしていたが、やがて、「大使館ならさんじかんでしょう」といった。ぼくは、三時間より三週間のほうが長くていいのにと思った。それが参事官であると知ったのはずっと後のことだった。毎日のように、〇〇君、〇〇さんですといって、新しい子が紹介されてきて、天安門近くの日本人学校はたちまち満員になり、移転することになった。二年生の中頃のことだった。

移転先は、八路軍、つまり共産党軍の兵舎だった。中国風屋根の平屋建ての建物がずらっと並んでいた。教室はその兵舎の部屋をそのまま使った。

敷地の半分が練兵場だった。そこに校舎を新築することになり、土が掘りかえされ、山と積み上げられた。そこはぼくらの格好の遊び場となった。人骨や義足が出てきたり、銃の一部のようなものが出てきてこわかったが、おもしろかった。今日は誰がこれこれを発見したというのが、ぼくらの間の大きな話題だった。注射器が出てきたこともあったから、軍病院もあったのかもしれない。

コンクリートの建物が二階までできあがると、木組みが立てられ、苦力《クーリー》（人夫）が砂とまぜた重いセメントを、たて長のつぼのようなものに入れて、ひとりずつ担いで木製の傾いた通路を登っていった。今ではすべて機械がする仕事だが、当時はすべて人力でやっていた。苦力が、重そうに一歩一歩登っていく姿が忘れられない。極貧の人たちだったと思う。自分の国を占領して、わがもの顔にふるまう日本人のための仕事だが、そんなことをいっている余裕はなかっただろう。ただただ日当をかせぐために、重いセメントを担いでいたのだった。彼らの目に、ぼくら日本人小学生はどう映っていたのだろうか。心が痛む。

遠足には、万里の長城へよく行った。汽車で八達嶺《はったつれい》まで行き、そこからバスで長城の一角へ行った。そのころは、北京市外へ出ることはかなり危険を伴なっていたのだが、集団だからできたのだろう。長城周辺の山は、はげ山だった。長城建設のれんがを焼くために、山の木は全部伐採され、薪になったということだった。そんなことをする皇帝はどんな人間だったのだろう。自然に対してこんなことをしていいのだろうか、という憤然とした疑問を感じたものだった。

北京の冬は寒い。小学校の庭も、冬にはほとんど全面がスケート場になった。そこでは、上級生たちはホッケーをしたり、フィギュアでぐるぐる回ったりしていた。ぼくは、ロングスケートをはいてのスピードスケートのほうが好きだった。陸上では走れないスピードが嬉しかったのだ。兄のクラスはチームをつくって、ホッケーをしていた。冬の運動会はスケート大会だった。北海公園の湖も中南海公園の湖も全面氷結する。スケート場としては一部を囲って氷を整える。そこは有料だったが、一面に凍っているので、どこでも滑ることができた。そういうところは整えられていないので、亀裂が入っていたりデコボコしている。しかし、ヤッケをひろげて、帆かけ船のように風を入れて滑ると、脚を動かさなくてもスピードが出る。そうやって、亀裂やデコボコをとびこえて滑るのがおもしろかった。かなり危険なスケートだが、何人か集まるとよくやったものだ。小学三年か四年のころだったと思う。

母の大病

母が大病をして、一時危篤にまで陥ったことがある。ぼくが小学二年、兄が四年、征爾が三歳、幹雄がゼロ歳のときだった。きっかけは何の病気だったのか知らなかったが、母が長いこと入院した。まだ赤ん坊の幹雄のために、乳母を雇うことになった。いろいろな人の紹介で、中国人女性が数名候補者として現れた。そのころは、母自身がまだ面接できて、健康状態や家庭の状況などを確かめた。ある女性がまるまる太った乳児を抱いてきて見せたので、母はこの人ならお乳がたくさん出るだろうと思って、その人を採用した。

その人はうちに住み込みで、いつも幹雄を抱いていた。ところが、幹雄はいつも泣いてばかりいる。そんな日が続いたので、母とふたりの日本人のお手伝いさんが調べたところ、その乳母はちっとも乳を出していなかったことがわかった。その上、面接のとき抱いてきた、まるまる太った赤ん坊は借り物だったことがわかり、すぐに解雇した。つぎに雇った人は、ぼくら子どもが見ても張り裂けそうな胸をしていて、もりもり食べた。乳もたくさん出たようで、幹雄は太り始め、みな安心した。

母はいったん回復してきたようにみえたが、何かのきっかけで敗血症になった。顔に氷を当てて、包帯でぐるぐる巻きにしていたのをおぼえている。危険な容態が続いた。父は、九州大学病院に応援を求め、すぐに医師が飛んできた。何回も手術が行われたと思う。危篤状態が続いたが、奇跡的に回復し、事なきを得た。

ぼくらは、学校から帰ると、毎日病院へ行った。やせ衰えてはいたが、母の顔を一度見ないと不安だったのだ。母はやがて峠を越え、じょじょに回復していった。

長い入院生活を終えて帰ってきてから、母がいった。「私は子どもたちがいるんだから絶対に死なないと思っていたよ」。そしてこう述懐した。「お見舞いに来てくれた天津のおじさんが、隣の病室の人が死んだよ、といったとき、私は心臓が止まりそうになった。私自身が死にそうになっているときだったからね」。二年生のぼくは、母が心の中で懸命に戦っていたことを知った。

日本軍占領下の北京

大連から帰ってきたときには、北京はもう日本軍の占領下にあった。日本の民間人が毎日ふえていき、日本兵の姿が特に多く見られるようになった。

中国人は現実的な人たちだから、この変化にすばやく反応していった。中国料理の味が変わった。北京の高級料理店は、明朝、清朝時代の宮廷料理の伝統を保っている。そこでは砂糖を使わず、材料の天然の甘味だけで料理していた。ところが、新しくきた日本人は、自分たちの料理の習慣から、甘味が足りないと不満をいった。北京の料理店の多くがすぐそれに反応して、砂糖を使うようになったのである。因みに、今も日本の中華料理は、ぼくの経験した限りでは、みな日本人向けの味付けになっていると感じる。

聞くところによると、日中戦争のきっかけになった盧溝橋事件について、日本軍の説明では、日本軍が河原で演習中に、夜間になって、中国軍が発砲してきた。そこで日本軍が応戦した、ということだった。そして日本軍は、当面、戦争不拡大の方針で、桜井徳太郎少佐が中国軍との交渉にあたった。彼は盧溝橋近くの城門で中国軍と交渉した。しかし交渉は決裂し、桜井少佐は城門から飛び降りて脱出してきた、と報じられていた。その折、彼は脚を片方骨折し、以来、松葉杖をついていた。

桜井少佐の交渉決裂と骨折は事実のようだが、そもそも、どちらの軍から発砲が開始されたのか、未だ定説はないようである。また、日本軍が、本当に戦争不拡大に努めたのか、疑問が残る。世界に対するポーズだった疑いが残っているのである。

日本人と日本兵がふえるにつれ、中国人に対する無礼な行動が目立つようになった。占領者としての優越感と、もともともっていた中国人に対する蔑視が、遠慮なく表に出てきたのである。

ある日、道を歩いていたぼくの目の前に、洋車《ヤンチョー》（人力車）がとまり、日本兵が降りた。と思ったら、そのまますたすた歩いていった。中国人の洋車ひきが後を追っていき、手を差し出して洋車代金を求めた。すると日本兵は、軍刀を途中まで抜いてどなりつけた。洋車ひきはふるえあがって、逃げ帰ってきた。ぼくは小学校四年生だったと思う。目の前が真っ暗になるほど驚いたし、怒った。日本兵であることが、洋車代を払わない根拠になるのか。そんなことはない。これは日本兵の横暴だと、怒った。

この日本兵にも家族があるだろう。家族はこの人がこんな横暴な、野蛮な人間だということを知っているだろうか、とぼくは思った。知っているはずはない。日本人はみんな、自分の夫は、父は、息子は、恋人は、天皇陛下のために聖戦に身を投じている勇者なのだと思っているだろう。そう思うと、ぼくは心の底から悲しかった。なぜかはわからなかったが、ものすごく悲しかった。

今にして思うと、このギャップが、敗戦後になっても、日本人全体の、あの戦争に対する認識の誤りとして、いつまでも尾を引くことになったのである。つまり、日本の建前としては、日本が大東亜共栄圏の盟主として、アジアの国々を欧米の支配から解放してやることが戦争の目的だった。しかし実際には、アジア人に対して悪鬼のような振る舞いをしていたのである。中国、韓国をはじめアジアの人たちは、今もってこの悪鬼のような日本人を責めているのである。ところが、日本国内では、建前としての戦争しか知らない。しかも、戦争で心ならずも命を失った日本軍人ばかりを、神として崇拝している。そればかりか、あの戦争を指導した軍や政治の指導者たちをも神として祀って、そこに首相が参拝しているのである。アジアの人たちが怒るのは当然と言わざるを得ない。

桑原翠邦《すいほう》先生

ぼくの家のひとつの房子に、桑原翠邦という書家の一家が住んでいた。なぜうちに住むことになったのかは知らないが、桑原先生は、有名な比田井天来《ひだいてんらい》の高弟で、うちの広間でも書道教室が開かれた。母の知人たちの親子が習いに来た。母と兄とぼくも弟子になった。桑原先生は、書は、お手本のまま上手に書くのがいいことではなくて、自分の思いのままに、心を込めて書くのが大切なのだと、いつもいっていた。

当時、北京では精華大学を日本が接収して陸軍病院として使っていた（ずいぶんひどい話だ）。桑原先生は、よく、ぼくらを連れて陸軍病院へ慰問に行き、傷痍《しょうい》軍人たちの前で書を披露した。ぼくは、「天空快闊」という揮毫《きごう》を得意としていたので、傷痍軍人たちの見守るなかで、大きな紙にそれを揮毫した。だが父は、「子どものくせに大人の字を書くと、大人になって下手になるぞ」といって、いつも批判的だった。その批判は、残念ながら当たったと思う。子どもは子どもの字を書けばいいのである。

桑原先生はまた、剣道五段の剣士だった。そこでわが家の庭では、剣道の習練も行われた。兄は運動神経が発達していたらしく、すぐ上達した。それに反し、ぼくは反射神経が鈍かったらしく、少しも上達しなかった。打たれっ放しなのである。あまりによく打たれて、痛さに泣きながら、「お面、お胴」と打ち合っていたら、母が腹をかかえて笑っていたのをよくおぼえている。ぼくはよほど名誉心を傷つけられたのだろう。

母は国防婦人会の活動としても、陸軍病院へたびたび慰問に行った。ぼくらもよくついていった。重傷でない傷痍軍人たちは退屈しきっているので、ぼくらをつかまえては、戦場の話をしてくれた。勝利者として得意になって話すのだが、すべてなまなましい、血なまぐさい話だった。

軍隊が進軍していって、村に近づき、畑でおばあさんが働いていると、必ず射殺した。なぜなら、日本軍が近づいてきたことを中国軍に知らせるからだ、スパイをするからだと、当然のようにいっていた。村に入ると、にわとりや豚を食料として調達した。軍票（軍隊が発行するお金）で買うこともあったが、ほとんどの場合は奪ったということだった。それらのことを、日本の傷痍軍人たちが、ぼくら子どもに得意になって話していた。

南京攻略に参戦した兵隊がいて、てこずったときには毒ガスを使ったと、これも得意になって話してくれた。ぼくらも、こわいと思いながら好奇心に駆られて聞き入ったものだ。

兄もぼくも飛行機が大好きだったので、航空兵だとわかると、たびたび寄って話をせがんだ。松坂兵隊さんという飛行機の整備兵がいて、特に親しくなった。時々、外出許可をとって、友人の木村兵隊さんを連れてわが家へ遊びに来た。食事のときには、母は家族の食卓に招き、家族同様にもてなした。遠く戦地に来て、しかも戦傷兵として病院にいるわけだから、ふたりともきっと嬉しかったことだろう。親しみは増し、ぼくらが日本に帰国してからもお付き合いは続いた。帰国してからわかったのだが、木村兵隊さんは、神楽坂の木村パン屋の長男だった。日本でアンパンを発明した木村屋創業者の孫だったのだ。ぼくらは帰国後、立川市に住んだので、神楽坂の木村屋さんへはよく遊びに行ったものだ。

朝のラジオ放送

ぼくは運動神経はだめだったが、歌はうまかったらしい。学芸会ではよく唱歌の独唱をしたし、四年生のときにはラジオ局からお声がかかって、朝のラジオ放送のテーマソングを歌うことになった。

朝のラジオが申します、
皆さん、おはようございます。
さあ、始まったラジオの体操、
みんなでやりましょう、みんなでやりましょう。

そのころ録音機はなかったので、すべて生放送。朝七時ごろのラジオ体操だから、毎朝早起きをしてラジオ局からの迎えの車で放送にでかけた。半年くらい続けたと思うが、早起きがとても辛くてやめさせてもらった。

三年生の年の学芸会に、学年全員で「大江山の鬼退治」の芝居をした。ぼくは体が大きかったので、鬼退治をする源頼光になり、大威張りで主役をつとめた。この芝居はよくできたので、その後、陸軍病院へ何回も慰問に行って上演した。最近、丹後昔ばなし大学のために宮津市へ行くのだが、途中に「大江」という駅があり、「ここだったのか」と、そのたびに感慨にふける。

母のこと

母はクリスチャンで、教会関係の活動を熱心にしていた。清水安三夫妻が北京の天壇近くの貧民街に開いた「愛隣館」には、ほとんどスタッフとして協力していた。中国の娘たちに刺繍の技術を教えたり、衣服の裁断を教えたりして、技術を身につけさせることにつとめていた。バザーには、ぼくらもいつもついていった。父も財政面で協力していたということだ。清水安三夫妻は、日本の敗戦後、帰国してからは、町田市郊外の旧兵舎の払い下げを受けて、「桜美林学園」を創設した。

ぼくたちは自然に、キリスト教会の日曜学校に通った。日曜学校で得た最大のものは賛美歌を歌うことだった。賛美歌は簡単なメロディーだし、和音もついて四部合唱になっているので、いつの間にか和音に親しんでいった。うちでもよく、母を中心にして、兄とぼくと四、五歳の征爾で歌った。「母ぎみにまさる友や世にある」「かみさまは軒の小雀まで」「きよき朝よ」などが主なレパートリーだった。やがて兄がアコーディオンを買ってもらって(あるいは、サンタクロースの贈り物だったか?)弾くようになると、アコーディオン伴奏で歌うようになった。まだ軍歌を歌わされるほど戦時色が強い世の中ではなかったので、わが家では賛美歌がいつも歌われていた。

母は音楽も好きだったが、文学少女でもあった。結婚前、仙台にいたころには、石川善助という詩人志向の若者に詩作を習っていたそうだ。結婚が決まって満州へ旅立つとき、二十歳の若松さくらは石川氏の家へ挨拶に行った。玄関で別れを告げて、さっと踝を返して戻ってくると、石川氏は後を追いかけてきて、さくらの家の玄関までできた。そして怒ったような顔でじっとさくらを見つめて、そのまま帰っていったという。母が七十歳を越えてから話してくれた青春のひとこまである。

二〇〇八年（平成二十年）、仙台の昔話研究者、佐々木徳夫さんの記念展「みやぎの昔ばなし―佐々木徳夫の仕事から」が仙台文学館で開かれた折、ぼくは文学館に招かれて講演をした。そのとき常設展示室に「仙台ゆかりの文学者展」があった。そのなかに石川善助の写真と代表作が展示されていた。母が満州に渡ったのち、石川氏は詩人として認められるようになったことを知った。

北京での母の周りには、いつも文学の香りがあった。小さな書棚には柳田國男の『木綿以前の事』という本が置いてあった。斎藤茂吉の『万葉秀歌』があったのは、北京だったか帰国後の立川だったか。母は万葉集に心酔していた。いくつかの歌を諳んじて、声に出していた。兄の担任の三浦先生という方がやはり万葉集の心酔者で、母とは話が合ったようだ。兄はその影響を受けて、小学五年生にして万葉集を愛読するようになった。むずかしい言葉を通じて自然や世界を把握することは、五年生には本当は無理だったと思うが、兄は心酔していった。そして、後から考えると、一生を通してギリシャ美術、音楽、彫刻と美の遍歴をした兄、小澤克己の発想の根底を形成していたのは、万葉集だった。五年生にとって万葉集の理解は本当は無理だった。無理に理解したことによって、彼は一生苦しむことになった。兄と一生付き合った弟として考えると、大人子どもにならないほうがいいと思うのである。

母は音楽も好きだったので、うちにはコロンビアの「世界名曲全集」というレコードがあった。手回しの蓄音機をみんなで囲んでレコードを聴いたものだ。なかでぼくが好きだったのは、ヘンデルの「調子のよい鍛冶屋」、バッハの「小フーガ」、モーツァルトの「トルコ行進曲」だった。今でもこれらの曲を聴くと、小学四年生の自分がよみがえってくる。もちろん、それが誰の作曲で、何という名前の曲なのかは知らなかったのだが。六歳くらいの征爾が、これらの曲を聴いたことをおぼえているかどうか、知らない。

幼いころの征爾

あるとき、石井漠舞踊団が北京公演をした。ぼくたちは家族で見に行った。石井漠が白い長いドレスを着て、それをひらめかせながら踊るのは、とても見事だった。帰ってくると、当時四、五歳の征爾がすぐ真似を始めた。白い寝巻きを着て、ぼくと兄に照明をしろという。ぼくらは相談して、スタンドを二つ持ってきて、左右から征爾を照らすことにした。うちに来た訪問客はみんな観客にさせられた。征爾は白い寝巻きのすそを持って、両手を広げたり膝をついたりして、もっともらしく踊った。ぼくと兄は、「征爾は人前で何かするといいのかもしれないね」と話し合った。

征爾はどちらかといえば気難しい子で、「一日に一回しか笑わない」と、母はいっていたものだ。父は帰宅すると、帽子掛けに帽子をかけながら、「征爾やー」と声をかけた。そして母に、「征爾はもう笑ったか」と聞く。「ええ」といわれると、「そうか」といって肩を落とすのだった。ぼくの後五年たってての

北京の家の庭での征爾

父・開作が撮影した征爾

子なので、かわいくて仕方なかったのだろう。一番下の幹雄は、いつもニコニコしている子だった。ぼくたちが「ぼく」というのを真似て、幹雄は「ポン」といったので、いつの間にか彼のニックネームはポンになった。征爾は写真を撮られるのがきらいで、カメラを向けられるとさっと逃げた。母の陰にかくれて顔を半分出したところを撮られた写真も残っている。

あるとき、髭を生やし、杖をついた少佐が訪ねてきた。父の親しい桜井徳太郎という少佐で、家族と一緒に食卓についた。先にも述べたが、この少佐は、盧溝橋事件の直後に中国軍と事件不拡大のために城門で交渉したが失敗して、城門から飛び降りて退去したために片脚を損傷したという豪の者だった。三歳の征爾はその異様な容貌にこわがって泣いた。お手伝いさんが抱きあげたが、征爾は「あっち、あっち」と指差して部屋から脱出しようとした。お手伝いさんが壁につきあたって、もうそれ以上進めなくなっても、征爾は「あっち、あっち」と叫んでやまなかった。ぼくは、ずいぶん意志の強い子だと、呆れたものだ。

しかし征爾には、子どもながらに、なにか品格みたいなものがあるようにぼくは感じていた。そのためかどうかわからないが、こんなことがあった。

日本からのお客さんを案内して、萬寿山へ行ったとき、征爾が途中で眠ってしまった。母がそれを抱いて宮殿の中を見学しながら歩いていると、西太后だか誰だかの豪華な寝台のある立派な部屋で、見張り人が、「その子をここに寝かせなさい」といってくれた。そして立ち入り禁止の鎖をわざわざはずして、寝ている子をその豪華な寝台に寝かせてくれた。ぼくにはその寝台が、眠っている四歳の征爾に似合っているように思えた。

北京での父

ぼくが小学生時代に父から聞いたところによると、瀋陽から北京への移住の理由はこういうことだった。

アジア諸民族の協和という理想を掲げて、満州国が建国されたが、それは瞬く間に日本から来た官僚たちによって支配され始めた。その中でも最も悪質だったのが岸信介だったと、父はくり返しいっていた。「あいつは私利私欲のかたまりだ」と何度耳にしたことか。それゆえ、敗戦後十五年経って、岸が自民党総裁になったとき、父は、「こんなことしていたら日本に未来はないぞ」とはき捨てるようにいった。

満州国が日本官僚によって、いわば占拠されてしまったとき、かつて石原莞爾の指導のもと東亜連盟に結集した人たちは、要職からはずされ、満州で理想を追求することは不可能になった。そこで、次には中国において民族協和の実践をしなければならないと考えた。父は東亜連盟の人たち、おそらく、石原に次ぐ指導者だった山口重次の指示によって、中国へ赴き、まずその足場を作ることになったのである。

前述のとおり、一九三六年（昭和十一年）秋、ぼくら一家は奉天駅から汽車に乗った。山海関で国境を越えて中国へ入った。

父は東単牌路の新開路三十五号に居を定めた。盧溝橋事変以後は、小澤公館という名前になった。日本・中国の協力関係を築くために新民会という民間政治団体が結成され、父はその総務部長になった。今からみれば、当時の王兆民政権は日本による中国の傀儡《かいらい》政権だったのだが、当時は、蒋介石政権と八路軍（共産党軍）に対抗する勢力として活動していた。新民会は、王兆明政権と日本軍と日本政府との間に立って、直接中国庶民への働きかけや苦情の処理に当たっていた。

小澤公館には、日本と中国の若者たちが集まってきた。日本からは、当局の激しい弾圧で転向した、元左翼青年たちが小澤開作の名を慕って集まってきたそうだ。父はいつも、「共産主義をしっかり勉強したような奴は優秀な奴なんだ。しかも実行力があり、恐れを知らぬところがある。彼らは力になる」といっていた。ところが父は父で日本軍の横暴や官僚主義を激しく攻撃するので、軍政府側では、「小澤公館は赤の巣窟だ」といっていたそうだ。当時、赤といわれたらそれで終わりである。抵抗のしようがない。目をつけられたらすぐに逮捕されたり、拷問を受けたりした。父はそのことは十分承知だったが、まったく動じなかった。小澤公館にはつねにそういう若者が集まっていた。中国各地や内蒙古で活動してきた若者が、小澤公館へ来て、父に現地の実情、問題点の報告をしていた。中国人が農村から来て、農村の困窮の実情を直接父に訴えたこともあった。

母は、農村での過酷な仕事から帰ってきた若者たちに、日本の料理を手作りで食べさせた。ほとんど毎日、何人かが、ぼくらと一緒の食卓で食べていた。日本食など食べられない毎日を耐えてきた若者たちは、母のもてなしをとても喜んでいた。正月三が日は、広い応接間が若者たちで満員になり、酒や食べ物がどんどん消えていった。日本人のお手伝いさんがふたりいたとはいえ、大変な三が日だったと思う。こういうもてなしに慣れていたので、母は九十四歳で倒れるまで、客をもてなすことが好きだったし、段どりをつけて手早くこなしていた。

日本軍が中国各地を占領し、いわば勝利を収めていくようになると、日本軍および日本政府の官僚たちの横暴はますますひどくなってきた。父は怒り、「民衆を敵にまわしたら勝てない」といつもいっていた。この信念は変わらず、敗戦後、ベトナム戦争でアメリカがてこずっているとき、父はロバート・ケネディに対して、同じ言葉を献呈することになる。

新民会は次第に日本から来た官僚に支配されるようになり、父たちはそれにつれて実権を失っていったようである。

『華北評論』への弾圧と監視

当時日本では皇紀二千六百年（天皇紀元で数えると二六〇〇年という意味）ということで、日本中が沸きかえっていた。北京でも同じで、あらゆる行事が皇紀二千六百年と結び付けられて、盛大に行われた。小学校三年生だったぼくは、そんな雰囲気になんとなく興奮していて、大晦日には、うちの庭で、暮れ行く空をいつまでも見上げて、「ああ、この年は二度と来ないんだ」と、感慨にふけったことをおぼえている。

この年は西暦にして一九四〇年。ヒトラーが政権をとってから七年。ユダヤ人迫害を強め、ポーランドなどへの侵攻を始めていた危険な年だったことは、当時知る由もなかった。

父は、その二年前ごろから、『華北評論』という政治評論雑誌を発行していた。父は、当時、政治に関わる人間のふつうの道として、天皇を崇拝し、お国のために働くことを国民の義務として疑わなかった。だからこそ、日本の軍部が中国人を搾取し、横暴を極めることが許せなかった。それで、この『華北評論』で、日本軍部批判の論陣を張ったのだった。

新開路三五号の小澤公館の、門を入ったすぐ右の部屋が編集室だった。そこには、父を慕って集まった人たちが三、四人働いていた。雑誌は、創刊号から軍部の厳しい検閲を受けた。そして、発行された雑誌のあちこちが、墨塗りを命じられた。ぼくは、山と積まれた新刊の雑誌を、編集員たちの手伝いをして、墨塗りしたことをおぼえている。指示された行を墨汁で塗っていくのである。

そのうちに、ひとりの編集員が突然いなくなった。誰もぼくに説明してくれなかった。どうしたのかと思っていたら、一週間ほどして現れた。見ると、顔のあちこちにみみずばれがあって、やつれきっていた。ぼくは、拷問にあったなと直感したが、誰にも聞かなかった。聞くのが恐ろしかったのだ。

思想憲兵

いつのころからか、わが家に思想憲兵が毎日来るようになった。父は完全に監視されていたのである。治安維持法があるから、思想憲兵を断ることはできない。小山源一という体格のいい憲兵は朝来て、一日中うちにいる。父に来客があっても平気で応接間にいるし、ぼくらの居間にも平気で座っていた。

うちには、毎日、若い人が来て、父に中国のいろいろな問題や、中国人と日本軍の間に起きた問題など、緊迫した問題を報告し、父の判断をあおぐことが多かった。父はそういうとき、日本軍のやり方や、軍の宣撫班のやり方に、厳しい批判を浴びせることが多かった。ぼくが傍で聞いていても、はらはらするようなことを平気で発言した。憲兵を通じて軍に知られれば危ないのではないかと思い、こわかった。

母はお人よしで、その憲兵を食卓に招き、いっしょに食事をした。当然、家族やお手伝いさんとも、ふつうに言葉を交わすようになっていった。ぼくたち息子ども、彼の持っている拳銃を触らせてもらったり、憲兵の帽子を被らせてもらったりして遊んだ。

そのうちに、彼は、うちにいたふたりのお手伝いさんのうち、若いほうの人と結婚してしまった。仲人は父と母だった。ぼくらはそのときはただ嬉しかっただけだが、後から考えてみると、不思議なことだった。小山憲兵は、治安維持法に基づいて父を監視に来ていたのである。そして、父は彼の面前で日本軍や、日本政府のやり方を厳しく批判していた。自身が編集・発行人である『華北評論』でも、同じような発言を続けた。それなのに、父は拘束されず、監視に来ていた憲兵は、監視先の女性と結婚した。しかも、監視対象である人物の仲人で。

今になって推測するに、小山憲兵は、小澤公館に通って父の話を聞くうちに、父のいうことに納得してしまい、その発言内容を正確に報告していなかったのではないか。監視先にいた女性にほれたためという要素もあるかもしれないが、父の発言に納得してしまったことは確かだと思う。

日本の貧しい百姓の息子である父は、中国の貧しい人たちが、日本軍や日本政府の役人の横暴で苦しむことが我慢できなかった。そのことはぼくら子どもにもよくわかった。父はぼくらにも、「日本を滅ぼすのは、日本の官僚と軍人だ」と、くり返しいっていた。彼は当時の日本人として、ごく当たり前に忠君愛国の精神を強く持ち、すべてはお国のためにと思って活動してきた。その気持ちが純粋で強烈であるだけに、官僚の支配欲、私利私欲に満ちた行動が許せなかった。そして、日本軍の、中国人を軽蔑しきった行動が許せなかった。そもそも強い性格だったし、極めて率直な人間だったので、その思いを誰にでも正直に語っていた。そこには一種の迫力があったと思う。ぼくら子どもも強いインパクトを受けていた。

そういう父の考えと人柄に小山憲兵が惹かれたのではないかと思う。じつは、後年、同じようなことが起きたのである。

高木特高課長

敗戦後、すべての財産を失って、わが家は貧しい時期を経験した。父がもとの歯科医にもどり、やっと貧乏から脱出しかけた一九七〇年(昭和四十五年)、父は七十二歳になる直前に川崎の自宅で急死した。その葬儀が終わったとき、母のもとに一通の封書が届けられた。裏の発信人を見て、ぼくはすぐにわかった。そこには、秋川、高木某と書いてあったのだ。高木とは、忘れもしない、戦争中の立川で、柴崎町三丁目のわが家に毎日来て父を監視していた、立川警察署の特高課長である。特高という言葉は当時大変恐ろしい言葉だった。特別高等警察の略語と思われるが、要は、政治犯をとりしまる部署のこと。いわゆる赤い思想の持ち主をとりしまる役目だった。特高ににらまれたら、まず生きのびられないというくらい恐れられていた。

ぼくが立川の柴崎小学校と府立二中に通っていたころ、学校から帰ってくると、毎日、生垣に自転車が立てかけてあった。それは立川警察の高木特高課長の自転車だった。高木課長は、北京での小山憲兵と同じに、家の中にどかんと座り、父と話したり、来客のときにはそばに座って、煙草をすっていたりした。母は丁寧にもてなしていた。北京時代と違って、食べ物は配給制なので、食卓に招くことはなかったように思うが。

父は高木課長に対しても、まるで知人のように、自分が満州以来してきたことや、現在の政府と軍部のやり方に対する批判を話していた。身近なことでは、当時、東條内閣は、国防婦人会というものを全国に組織していて、負傷者の救護方法とか、消防方法とかを訓練していた。そのうち爆撃が激しくなると、竹やりを作らせて、竹やりでB二九爆撃機を撃退すると称して、まじめに訓練を始めたのだ。これにはみんな心のなかでは呆れたのだろうが、誰ひとりとして批判できなかった。新聞もラジオも批判しなかった。しかし、父は高木課長との話の中で、その愚かさをあけすけに批判していた。ぼくは、父はいつかは逮捕されるものと覚悟していた。だがついに逮捕されなかった。

高木特高課長からの手紙

その封書を母が開けてみると、「新聞紙上でご主人のご逝去を知りました。私は、戦争中、立川署で特高課におりました高木と申します。当時、職務上、お宅を訪問しておりましたが、ご主人のお話を伺ううちに、この人こそ本当の愛国者なのだと思うようになり、ひそかに尊敬申し上げておりました」というような文面だった。母は感動して、涙していた。ぼくもよくおぼえていた人物なので感動した。あの手紙をとっておかなかったことが、今、悔やまれてならない。父の急死で、みな動転している最中のことなので、どうしようもないのだが。

あの高木特高課長も、父の言動を正確には上司に報告していなかったのではないかと思う。当時は正に「壁に耳あり、障子に目あり」といわれた監視社会で、危険な言動をする者は即座に逮捕されたものだ。父の政府批判がそのまま報告されていたら、当然逮捕されていたと思うのである。

父の言動には、何か人の心に響くものがあったようだ。ぼくら息子から見て、彼は腹の座った人だった。何かが起きても動じない堅固さを感じた。そして、たいへん率直だった。反面、情に脆い人だった。満州時代、民間人政治家に山口重次という人がいた。父が尊敬する人だったが、理論の山口、情の小澤といわれていたと聞いたことがある。ぼくとしてもうなずける。つらい思いをして帰ってきた若者たちを温かく迎え入れたのは、いかにも父らしかった。母の協力あってのことだったが。

「日本はこの戦争に勝てない」

日本中が皇紀二千六百年に沸いていたころから、父は、「日本はこの戦争に勝てない」といいだした。その根拠は、第一に日本が中国民衆を敵にまわしてしまったからだという。各地に散らばって中国人との最前線で働いてきた日本の若者たちの報告を聞いたり、中国農民の直訴を聞いたりして、父には、日本が中国の民衆を敵にまわしてしまったことがわかっていたのだろう。第二は、そういう状況にいたってもなお、日本の軍人や官僚は事態の深刻さに気づかないばかりか、ますますその横暴、官僚主義が募っていく状況が変わらなかったからであろう。

日本中が、対中国の戦争に勝利していることを疑わず、もうじき戦争は勝利のうちに終結するだろうと期待している最中に、「日本はこの戦争に勝てない」というのだから、日本の当局に睨まれないはずはない。小山憲兵はあいまいな報告にしたのだろうが、それでも、父の言動は、事実として当局の注目を浴びていただろう。新民会の活動もままならなくなってきたのだと思う。この年の後半ごろから、父は、家族を日本へ帰すといいはじめた。

父がそのころいった理由はこうであった。みんなで夏に日本へ帰った折、小学校六年生の兄が田んぼの稲と畑の麦の区別がつかなかった。そこで、「日本の子どもが、稲と麦の見分けがつかないようではいかん。子どもはどうしても日本で育てなければならない」というのだった。そして、翌年五月には日本へ引っ越すことになった。

百姓の息子である父にしてみれば、これは確かに日本への引き揚げの十分な根拠だっただろう。しかし、ぼくはそれ以外にもうひとつ、先に述べた日本軍および日本の官僚たちによって、新民会運動は行きづまり、身の危険も感じられたことから、引き揚げを考えたのではないかと思う。そういう状況のなかで大晦日を迎えたので、ぼくは、先に述べたように、特に感慨にふけったのだった。

一九四一年（昭和十六年）五月に、ぼくたち家族は旧東京府の立川へ引っ越すことになった。

日本に帰国、立川での生活

下関で上陸して、東海道線で東京に着いた。前の年の暮れに帰国していた兄克己も神田の旅館に来て、家族がそろった。ところが、北京では元気そのものだった兄が、部屋の隅っこでじっとしていて、笑いもしない。何か不安そうな表情をしている。そんな兄は見たことがなかったので、ぼくはとても驚いた。兄のこの様子はなかなか元に戻らなかった。

兄はこの年の三月にちょうど小学校卒業になるので、日本の中学を受験することになり、父は前の年の暮れに、兄ひとりを連れて日本へ旅立った。卒業式には必ず戻ってくるという約束だった。母の姪が空軍の技術将校と結婚していて、空軍基地のある立川に住んでいた。母の姉もその家に同居していたので、兄はその家に滞在して、同じ町にある東京府立二中を受験し、合格した。だが、卒業式に戻ることなく、日本に残っていた。

後で考えたのだが、親しかった友だちとちゃんとお別れをしないまま北京を離れ、卒業式には戻れるという約束は反古にされた。親戚とはいえ、生活環境のまったく違う家庭でひとりで暮らすことを強いられ、誰も知らない日本の中学に通わなければならなくなった十二歳の少年は、どれほどの孤独感にさいなまれたことだろう。北京ではたくさんの親しい仲間と毎日なんの不安もなく遊んでいただけに、その仲間との突然の断絶を強いられ、独りぼっちにされた、その孤独感、悲しみ、怒りはどれほど強かったことか。

父は民衆を愛し、国を憂い、正義感の強い人だったけれど、このときだけは長男への対応を誤ったと言わざるを得ない。父が約束を守らなかったことで、克己は父への信頼を完全に失い、そのことが一生尾を引くことになってしまった。父は性格の強い人だったので、このときも断固として長男を日本に留め置いたのだと思う。だが、判断を誤った。

父は、母の姉と姪夫婦の住む立川の家の隣に家を買ってあり、ぼくらはそこで暮らすことになった。父は家族を立川に住まわせると、ひとり北京へ帰っていった。父にしてみれば、新民会を立て直すことにまだ望みを持っていたようだ。しかしその後、母に送ってきた手紙を読むと、「新民会は今やほとんど死に馬のようだ」という言葉があったことをおぼえている。そして、二年後の一九四三年（昭和十八年）には、ほとんど国外退去処分のような形で帰国した。従って、北京での財産はすべて捨ててきた。

小林秀雄のこと

父が北京の小澤公館でひとり暮らしをしているとき、小説家の林房雄と評論家の小林秀雄が、約一週間、うちに居候していたことがあるそうだ。ふたりは、従軍記者として派遣されてきたのであった。父を含めて三人とも酒飲みなので、ずいぶん酒を酌み交わしながら談笑したようで、父にとっては楽しい日々だったようだ。三人の世話をしたのは、ぼくの従兄、高橋司典で、彼はぼくらが北京にいたころから父の書生のような立場で住み込んでいた。

従兄の話によると、ある晩、父と小林秀雄が応接間で酒を酌み交わすうち、話が、応接間の一隅においてあった中国の古い大きな陶器に及んだ。小林は、これは偽物だから価値はない、と決めつけた。すると父は、これを作った者は名人ではないかもしれないが、その作者にしてみれば自分なりに一生懸命作ったのだ。価値は十分にある、と主張した。小林は小林で自説をゆずらず、激しい口論になった。しまいに父が小林の頬に激しく平手打ちを食らわせたのだそうだ。目の前に見た従兄がいうのだから本当なのだろう。

ぼくが想像するに、小林は芸術としての価値からその陶器を見たのだろうが、貧しい百姓の息子である父からすると、結果としての芸術的価値よりも、製作者が精魂を打ち込んで作ったその行為そのもののほうが重要だと思ったのであろう。新民会の活動のなかで、まずしい農民たちの暮らしの手助けをしようとつねに思っていた姿勢と合致するエピソードだと思う。

もちろん、口論したといって、ふたりの仲が決裂したわけではない。小林はその後もしばらく小澤公館に滞在したそうだ。

敗戦後、父はすべてを失って貧乏になった。苦し紛れに、小田原でミシン会社を作り、ミシンを製造・販売した。小林秀雄は北京での一宿一飯の恩義を重んじてか、ミシンを一台買ってくれたことがある。ぼくはミシンを担いで鎌倉の小林邸まで運んだ。小林秀雄自身が出てきて受け取ってくれた。その後、もう一度何かの部品を届けに行ったときには、お嬢さんらしき人が受け取ってくれた。

立川時代

小学校転校と兄の中学校入学

一九四一年（昭和十六年）、家族は立川での生活を始めた。ぼくは小学校の転校、兄は中学に入学した。

ぼくは五年二組に編入された。一組は男子組、三組は女子組で、二組だけが男女組だった。ぼくは一年生のときに、日中戦争勃発の影響で、二学期だけ大連の小学校に編入で入ったことがある。そのときは、変な顔をした編入生ということでつらいめにあったので、五年生での編入にも強い不安があった。だがそれも運命と思って、ほとんど破れかぶれで、どうにでもなれという気持ちでクラスに入った。

ところが、立川の柴崎小学校では全然違って、いやな思いは少しもしなかった。特に、級長の岩崎正胤君と副級長の中村則子さんが、なにくれとなく面倒を見てくれた。そしてみんなとすぐに仲良くなれた。不思議な経験だった。後から聞くと、担任の小松先生という男の先生が、事前にぼくの顔のことを知ると、クラス全員にあらかじめ事情を話し、「絶対に顔のことでからかってはいかん。もしそういうことをするやつを見かけたら俺に知らせろ」と、きつく言い渡したのだそうだ。

ぼくはそれで救われた。そしてクラスの子はみんないい子だった。いじめの問題はいつの世の中でもあることだが、クラスに責任を持っている大人が断固とした姿勢を持っていて、子どもたちに真正面から訴えていけば、子どもは本来仲良く遊ぶのが好きなのだから、いじめ問題に発展することはないと思っている。

ぼくはその後の人生で、「確信をもって、真正面から訴えていく」大人に、何人か出会った。そのことはその場面で書いていこうと思っているが、自分が教師になってからも、いつもそうやってきた。小・中学校の先生たちに、そういう姿勢をぜひ持っていただきたいと思っている。

立川市柴崎町三丁目の家から柴崎小学校までの途中に、農業試験場があり、その前に広い桑畑があった。ぼくはそこで初めて、どどめという桑の実を知った。食べると歯が真っ赤に染まって、食べたことがすぐばれるのだった。それでも秋になると、学校からの帰り道に、みんなで道草ならぬどどめを食って帰ったものだ。

小学校の隣は諏訪神社だった。杉の大木がそそり立つ神社の境内というものを初めて知った。お祭りにはたくさんの店が出て楽しかった。金魚すくい、射的、綿飴。夏祭りにはみんな浴衣を着ていた。こんなお祭りは北京にはなかったので、ぼくは浮き浮きして、何度もでかけた。

奉納子ども相撲もあった。ぼくは体が大きかったので、運動会のかけっこはいつもびりっけつだったが、相撲は強いほうだった。勝ち抜き戦で決勝まで勝ち上がったことがあった。決勝で負けてしまったが。

弟たちは、近所の若草幼稚園に通っていた。大貫園長さんはやさしい方で、弟たちはたっぷり遊んで、幸せな幼稚園時代をすごした。近所にはいろいろな学年の子がいたので、遊び方は多様だった。一番人気は鉄ゴマだった。がっちりした鉄の枠がついた、かなり大きなコマに、布切れを編んで作った太い紐を巻きつけて、地面にたたきつけるようにして回し、相手のコマを吹っ飛ばすのだった。夕方暗くなるまで遊んだ。

戦時下の生活

物資は次第に逼迫《ひっぱく》してきていた。食物の中では肉類が手に入りにくくなっていた。ぼくは、町を歩いていて、たまに肉屋のショーウインドウに鶏肉を見つけると、急いで帰って母に報告して、買いに行ったものだ。豚肉や牛肉が店頭から消えても、なぜか鶏肉は店頭に並ぶことが多かった。父は、北京から、牛肉を煮て少し濃く味付けしたものを、缶に入れて時々送ってくれた。嬉しい贈り物だった。一方、戦意高揚の宣伝は、新聞、放送を通じて絶えず行われていた。当時は中国のことを支那と呼んでいたのだが、支那事変の戦果がいつも大々的に報じられていた。今にも戦争に勝利しそうな報道の仕方だった。そして、米英が悪いやつで、ヒトラーのドイツと、ムッソリーニのイタリアが同盟国と宣伝されていた。

「八紘一宇」「忠君愛国」「大東亜共栄圏」「打ちてしやまん」「重慶爆撃」などのキャッチフレーズ（当時は標語といった）が毎日流されていた。学校の門の脇には天皇の「御真影」を祀る真影殿があり、その前を通るときには必ず最敬礼をしなければならなかった。新聞に「御真影」が掲載された場合には、人に踏まれないように、「御真影」を切り取って学校へ持ってくることになっていた。そして、真影殿の前に集めていっせいに焼却することになっていた。学校では、「教育勅語」の暗誦が毎日行われた。

国民の間に天皇の絶対性がゆるぎなくなり、戦争への気概が高まったとき、文民内閣が倒れ、東條英機陸軍大将が内閣総理大臣になった。この発表があった日、母方の従兄、高橋佐門がうちに来ていた。彼はぼくより十歳年長で、父と時局についてよく話をしていたが、この日は、軍人内閣の危険性を、たまたま帰国していた父と話していたのをおぼえている。

太平洋戦争に突入

一九四一年（昭和十六年）十二月八日の早朝、ラジオの臨時ニュースで「帝国海軍は、東太平洋においてアメリカ、イギリス軍と戦闘状態に入れり」と放送した。緊張した声だった。今でいうと、北朝鮮のアナウンサーのような声だった。日本の海軍が、飛行機と特殊潜航艇でハワイの真珠湾のアメリカ艦艇を攻撃し、アメリカ海軍に大打撃を与えたという報道だった。同時に、マレー半島のコタバルというところに奇襲上陸して、イギリス軍に大打撃を与えた。宣戦布告なしの奇襲攻撃だから、相手は虚を突かれて壊滅的打撃を受けるのは当然だったが、日本では、大勝利として大宣伝をした。特殊潜航艇というのは一人乗りの小さい潜水艦で、敵艦に体当たり攻撃をしたのだった。その後の神風特攻隊の走りである。乗って行って自爆した五人の水兵は軍神だといって賛美された。自爆することが尊いことだとして、猛烈に宣伝された。国のために自分を犠牲にすることの尊さが宣伝された。だが、それを信じて自爆していったのは、みんな若者だったのだ。自爆を命じ、尊いことだと教え込んだ上層部の人たちは、生き延びていたのである。今になってみれば、若者たちは、日本の帝国主義者たちにうまく利用されて、命を捧げてしまったのだった。

今、イラクやアフガンで、自爆テロが頻発している。新聞記事では、一言「自爆テロがあった」と書かれるだけだが、そこで若者がひとり死んでいるのだ。国のためとか、信仰のためとか、正義のためとかいうが、そう思い込まされて死んでいくのは、いつも若者なのだ。きれいな言葉にはかならず裏があることに気づかなければならないと思う。

コタバルへの奇襲攻撃の後、日本軍は瞬く間に仏領インドシナ、マレー半島を占領し、一九四二年二月にはイギリス領だったシンガポールを陥落させた。山下奉文司令官が、英国軍の司令官に、「イエスかノーか」と降伏を迫ったという武勇伝がくり返し宣伝された。

日本国内では、戦勝祝いのちょうちん行列が度々行われた。国民は、日本は強い国なのだと思い、勝利は近いと思った。若者たちには次々に召集令状が届けられた。それは赤い紙だったので、「赤紙」と呼ばれた。赤紙が夫や息子に来ると、妻や母たちは、内心では心配でも、「万歳」を叫んで喜ばなければならなかった。名誉なことなのだと思わなければならなかった。「死地」に赴くのに、軍国の母は泣いてはいけないといわれていた。日本中が、「軍国」の魔法にかけられていた。

三月になると、アメリカの飛行機が一機、初めて東京の上空に現れ、空襲警報が鳴り渡った。大本営発表は、一月にはフィリッピンのマニラを占領したとか、二月にはシンガポールのイギリス軍が降伏したとか、威勢のいいことばかりだが、敵機の出現を見て国民は大変気味悪く感じ、戦争は一方的に勝っているだけではないのだと知った。大本営発表では、このときも「敵機を撃退した」といったが、あれは撃退ではなく、予定通り戻っていったのだった。

その一ヶ月後、アメリカの航空母艦から発進した爆撃機の編隊が、東京、名古屋、神戸を爆撃した。大きな損害ではなかったが、本土に住む国民にも、戦争の実感がわいてきた。

日本軍は東南アジアに戦線を広げるにしたがって、弾薬やいろいろな軍用物資の補給路が延び、一方では米英軍の立て直しも進んできていて、だんだんに戦争がうまくいかなくなってきた。それでも、日本の大本営は、戦争が勝利し続けているようなことばかり発表していた。国民はそれを信じて、勝利は近いと思っていた。人員、食糧、弾薬の補給路は延びきった上に、制海権と制空権をアメリカ軍に握られているのだから、敗北は目に見えていたはずである。日本の軍部の戦略構想の貧弱さがもろに露呈されていた。その犠牲になった国民は、戦後、軍と国家の指導者に対して戦争の責任を追及すべきだったのである。当時は新聞、ラジオもこの戦略構想の貧弱さを少しも批判せず、大本営発表をそのまま伝えていた。報道機関のこうした戦争協力についても、戦後、深刻な自己批判はないまま今日に至っている（その体質が今日では、原子力発電がないと日本の発展はない、という思い込みを日本中にばらまいてきたのであるが、その問題はここではふれない）。

実は敗戦に向かっていた

戦後になって事実が明るみに出てみると、真珠湾攻撃の翌年、一九四二年（昭和十七年）六月には、太平洋のミッドウェイ沖の海戦で、日本海軍は航空母艦四隻を撃沈させられて、壊滅的敗北を喫していたのだった。この海戦が、日本の敗戦への第一歩だった。しかし、当時の大本営発表は、軽微な損害を受けたというものだった。

南方の島々での戦闘も、このころから日本軍の苦闘が続きだした。八月にはガダルカナル島にアメリカ軍が上陸し、日本軍と死闘を繰り広げた。日本軍は多大の死傷者を出して、翌年二月には退却した。しかし、大本営発表は、「戦略的方向転換をした」というものだったことをよくおぼえている。退却は言葉でいえないほど悲惨なものだったということが後でわかった。しかし国民は何も知らされず、まだそんなに悪い状況になっているとは思わなかった。

一九四三年五月には、アリューシャン列島のアッツ島の日本軍が「玉砕」した。大本営は「玉砕」といううきれいな、いかにも名誉ある散り方のように発表したが、これも実は悲惨きわまる全滅だったのだ。食料も弾薬もなくなって、餓死と同時に殺害されたような最期だったと、敗戦後に知らされた。国内にいる家族は、夫が、息子が、恋人が、軍人として、天皇のために立派に戦っていると信じていたのだった。(この言葉のごまかし手法は、先の東日本大震災と東京電力福島第一原発の被害についても使われているが、その問題はここではふれない)。

一九四四年(昭和十九年)十一月には、アメリカのB二九爆撃機による日本本土の爆撃が始まった。アメリカ軍は占領したサイパン島に空軍基地を作り、そこから長距離爆撃機による爆撃を開始したのだった。B二九爆撃機は、三機編隊を三つ組んで、九機の編隊で襲いかかってきた。はるか高空を、銀色の機体が、整然と東へ、つまり東京へ向かって飛んでいくのを、恐怖の目で見ていたのをおぼえている。高射砲が迎撃し、弾丸が炸裂する黒い煙が見えた。それでも九機編隊はくずれることなく東へ進む。後で聞いたのだが、敵機の高度が高すぎて、高射砲の弾丸は届かず、下のほうで炸裂していたのだそうだ。

ぼくらが住んでいる立川には陸軍の空軍基地があった。だから、空襲のたびに爆撃された。四キロ離れた基地に爆弾が落ちるたびに、町の植木が猛烈にゆれた。

一九四五年三月十日の夜間爆撃はすさまじかった。町中は灯火管制で真っ暗だった。夜空を、B二九の九機編隊がぞくぞくと東へ進んでいった。進みながら、火の粉を落としていく。火の粉は飛行機の進む方向に落ちていく。火の粉のように見えるのは焼夷弾なのだ。

しばらくすると、東の空がぼーっと明るくなってきた。そして明るさはどんどん増していった。焼夷弾で町が焼かれ始めたのだった。どんどん明るくなり、新聞が読めるくらいの明るさになった。これは大変な爆撃だとわかった。一晩中明るかった。心配でほとんど眠れなかった。翌朝になって、ラジオで、錦糸町方面が焼夷弾攻撃を受け、多大な損害を受け、多数の犠牲者が出たことを知った。これが、今でいう東京大空襲である。

一九四五年三月十七日には、硫黄島の日本軍が全滅した。このときの様子は、アメリカが作った映画「硫黄島からの手紙」でご覧になった人もいるだろう。前の海を埋め尽くす大量のアメリカ軍艦から、アメリカ兵が上陸してくるのを見て、上官が、「敵を十分ひきつけてから撃て」と命令する。そして兵隊は命令どおりにするのだが、いくら撃っても敵兵は次から次へと襲いかかってきて、最後には日本兵の弾薬がなくなり、撃てなくなり、完全に殺戮《さつりく》される。

ぼくはちょうどその時期、学徒動員で、陸軍第二造兵廠《ぞうへいしょう》で火薬作りをさせられていた。初めのころ、「戦車地雷」を作った。当時は、アメリカ軍が、硫黄島や小笠原群島、沖縄などを占領して、ついには日本本土を攻撃してくるだろう。そのときには、「敵を十分ひきつけて、本土に上陸させてから、本土決戦をして敵を殲滅《せんめつ》させるのだ」という戦略が宣伝されていた。そのときに、上陸してきた戦車を破壊するためにに、ぼくらは「戦車地雷」を作らされていたのだった。

しかし、映画「硫黄島からの手紙」で明らかなように、敵をひきつけて撃っても、その敵が後を絶たず多数で押し寄せてくるのだから、最終的に勝つ可能性はないのである。もし、あのとき、戦争指導者たちが主張していたように、アメリカ軍と本土で決戦をしていたら、一般の日本人の犠牲がおびただしいものになったことは確実である。広島と長崎の原爆による死者よりはるかに多い犠牲者を出したことは確実である。日本の戦争指導者たちの無謀な、無責任な指導は、東京裁判に任せるのではなく、日本国民が厳しく追及すべきことだったのである。

日本軍は、開戦直後の快進撃で、東南アジアの島々を次々に占領していった。しかし、島だから、弾薬と食料の補給のためには海路が確保されていなければならないはずである。ところが、一九四一年（昭和十六年）のミッドウェー沖海戦での敗北以来、太平洋の制海権と制空権はアメリカに握られてしまっていた。だから、太平洋に散らばった島々への補給はどんどん困難になり、実際にはほとんどできなくなっていた。補給すべき軍隊を乗せた船舶が、潜水艦によって、あるいは飛行機によって撃沈されることが相次いだ。赤紙で召集された兵隊が、現地に着く前に海の藻屑と消えていった例がたくさんあったそうだ。すべて、敗戦後にわかったことなのだが。家族は、お国のために戦場で戦っていると思っていた。

国民学校卒業と中学への進学

一九四三年三月、ぼくは小学校を卒業した。小学校はそのころすでに国民学校と改称されていた。そのときの卒業アルバムが、最近、古い本の間から出てきたので、写真を見ていただく。アルバムの第一ページには「教育勅語」と「青少年学徒ニ賜ハリタル勅語」が掲げられている。「教育勅語」は国民学校生徒にも暗唱を強要されていた。これを完全にいえなかったら劣等生なのである。内容は、子どもの成長

体操

小学校の朝礼

とか幸せなど一言も触れられていなくて、天皇の意のもとに国のために尽くすこと、そればかりが強調されていた。写真の小学校の朝礼の風景は、現在では北朝鮮の風景としてテレビで見る風景と同じである。手脚を伸ばした体操風景は、ヒトラーユーゲントの健康な肉体造りを思い起こさせる。日本が天皇崇拝を軸にした全体主義を突き進んでいる真っ最中だった。

倉田三郎先生と髙田三郎先生

わが家の近くにあった府立二中に入学すると、担任の先生は、倉田三郎という絵の先生だった。絵描きだけあって、いうことがふつうの先生と違っていた。ぼくはすっかり、先生を尊敬するようになった。先生はなぜか水泳の名人で、古式泳法を見せてくれたりした。また、なぜかグライダーの操縦ができて、グライダー部の顧問だった。ぼくはグライダー部に入り、校庭でせっせとゴムの綱を引いた。グライダーといっても、要はゴムではじくパチンコと同じで、グライダーをゴムの綱で引いてはじくのだった。それでも一メートル滑空は大事件だった。三メートルのときは、ほんとに空を飛んだと思った。世界が小さく見えた。そのかわり、着陸は失敗して、ほとんどドスンと落ちた。緊張のあまり操縦桿を引きすぎたため失速したのだが、返す返すも残念だ。生身で空を飛ぶことはそれ以来ないので。

絵の授業は楽しかった。倉田先生は上手な絵を描けとは決していわなかった。見たままを描け。それだけだった。楽しくて、ぼくはずいぶん絵に熱中した。静物も描いたし、野外に写生にもでかけた。クラスの何人かは美術学校を目指しはじめた。倉田先生はのちに東京学芸大学教授になり、日本の美術教育の中心人物になられた。画家としても大変有名になり、晩年には美術団体「春陽会」の重鎮と呼ばれるようになられた。

音楽の先生は髙田三郎という、桁違いにこわい先生だった。この方は戦後、作曲家として大変有名になられたし、一時は日本交響楽団（今のN響）を指揮していた。ぼくたちにとってはひたすらこわい先生で、先生が黒板に何か書いている隙におしゃべりでもしようものなら、たちまちチョークが飛んできた。しかも命中する。それでもぼくは音楽が好きだった。先生がベートーヴェンのレコードをかけてくれたり、ピアノ曲を弾いてくれたりするので、楽しい授業だった。しかし、先生は廊下を歩いているときにも、胸を張り、顎を引いて、突っ張った感じだった。今から思うに、戦争中なので音楽家は白眼視されていたのだろう。それで、キッとなって抵抗していたのではなかろうか。

敗戦後、日本全国で音楽活動が始まったころ、髙田先生は新曲を発表しはじめた。ピアノ曲は奥様が演奏した。ぼくはよく聴きに行った。後年、ぼくは日本女子大学に勤めたのだが、そこの女声合唱団は高名な木下保先生に指導されていた。あるとき、合唱団が髙田三郎の曲を演奏するので、作曲者自身をリハーサルにお招きした。ぼくは立川での中学以来初めて先生にお会いした。「二中で先生に音楽を教わりました」といって名乗り出ると、なんと先生はおぼえていてくださって、「小澤征爾の兄さんだろう」とおっしゃった。ぼくはどこで結びついたんだろうと不思議だった。征爾はあのころ小学生だったのだから。

髙田先生には、そのまた数年後、今度は筑波大学の教員としてお目にかかった。一九八〇年（昭和五十五年）からぼくは筑波大学に勤めていたのだが、ここでも、混声合唱団が髙田先生に新曲の作曲を委嘱した。その「典礼歌」の稽古にいらしたのだった。ぼくが学生たちに、「ぼくは髙田先生の弟子なんだ」といったら、学生たちは怪訝な顔をしていた。先生も苦笑していらした。戦争中の中学教師時代を思い出されたのかもしれない。筑波大学での指導も、カトリック信者である作曲家としての厳しいものだった。

戦争中、そして戦後の貧しい時期だったが、ぼくは中学時代に、ふたりの優れた芸術家に教えを受けたことを、とてもありがたかったと思っている。芸術に突っ込んでいく姿勢、そしてそれを通して獲得してきたであろう人生観を、ぼくはいつの間にか身に浴びていたのだと思う。若者に与える大人の影響力は強い。

軍事教練

中学には、陸軍から出張してきている配属将校という軍人がいて、威張っていた。特別に一室を構え、校長先生も一目置いていたらしい。教練という時間があって、配属将校によって兵隊とまったく同じ軍事教練を受けさせられた。木製の銃を持ち、銃を掲げての敬礼「捧げ銃《つつ》」、銃で敵を突く「突け」、腹ばいになって進む「ほふく前進」などなど。いつでも戦地に派遣できるように訓練されたのだった。

二年生の春には、東富士演習場で兵舎に泊まりこんでの軍事教練があった。この演習場は富士山の裾野に広がる広大な演習場なので、現在でも自衛隊の演習場として実弾訓練場に使われている。富士山麓電鉄の終点から演習場まで、八キロくらいの道を、木銃と重い背嚢を担いで隊列を組み行進した。

兵舎での訓練は兵隊と同じで、早朝、起床ラッパで起こされ、毛布などを手早く片づけ、整列して点呼を受け、麦飯、梅干し、沢庵とみそ汁だけの朝飯を食べた。それからは、わずかな昼飯を挟んで、一日中、広い演習場でほふく前進をやらされたり、堀を飛び越えて走らされたり、わら人形を木銃で突き刺す訓練をさせられたりして、くたくたになった。だが、一番辛かったのは食事が少ないことだった。空腹に耐える訓練という意味があったのだろうが、つねに空腹状態で、ふらふら歩いていた。約一週間の訓練を終えて、木銃を担いで駅までの八キロを行進したときには、疲れと空腹で本当にふらふらだった。クラス担任の先生たちも来ていたのだが、教練の時間だから先生たちは何も口出しできなかったと思う。

学徒動員

このころにはもう戦況は悪化していて、日本の空はアメリカの空軍に制圧されていた。警戒警報や空襲警報のなかで軍事教練が行われたのだった。そして、新聞・ラジオは国民の戦意を高揚させるために、日本軍が如何に果敢に戦っているかを、くり返し告げていた。大学生に動員令が発令され、一九四三年（昭和十八年）には明治神宮外苑の広場で学徒動員の出陣学徒壮行会が華々しく行われた。多くの優秀な学生が兵隊になって、「国家のために」戦地へ赴いた。戦地まで到達せずに船が撃沈されたこともたびたびあったということがわかったのは、戦争に負けてからだった。

大人も学生も兵隊にとられ、工場での労働者が不足してきたので、中学生が工場に動員されることになってきた。軍国少年だったぼくらは、自分たちもなんとかしてお国のために役立ちたいと思っていたので、一日も早く工場で働きたいと思った。そうなると、敵国の言葉である英語なんか、勉強して何になるかという雰囲気になってきた。「敵性言語」とか「敵性文化」という言葉が新聞・ラジオにもしばしばあらわれてきた。英語の教科書なんか焼いてしまえ、という意見さえあった。

敗戦後わかったことだが、アメリカでは、敵を知るために日本語と日本文化の研究が着々と行われていたそうだ。その成果のひとつが、戦後日本語に翻訳されて大ベストセラーになった、ルース・ベネディクトの『菊と刀』だったのだ。英語を排斥した日本社会と、着々と日本を研究していたアメリカ社会、この違いは今でも忘れていけない問題だと思う。日本の閉鎖性は根深い問題なのだ。

早く工場へ行って働きたい。その気分がクラス中に蔓延して、誰も落ち着いて勉強しなくなった。そういうある日、担任の倉田先生が爆発した。教卓に胡坐をかいて座ったかと思うと、「お前ら、今日の今を充実しない人間が、明日の今を充実できると思うのか！」と怒鳴ったのだ。目は爛々として全員をにらみつけていた。一瞬にして教室はしんとなった。全員が動かなくなった。

ぼくは心のなかで、そうだ、と思った。「今日の今を充実しない人間が、明日の今を充実できるわけがない」。ぼくは、こういう人生の見方をこのとき初めて知った。そして、完全に納得した。この言葉は、ぼくの人生を一生貫く言葉になった。同級生のうち、何人がこの言葉をおぼえているかわからないが、ぼくにとっては一生を貫く言葉になったのだ。

倉田先生からは、もうひとつ大事な言葉をもらっている。それは、敗戦後のことだった。ぼくたち、一年A組のクラスの子は、倉田先生を尊敬していたので、敗戦後、四年生になるときにクラス替えがあったにも拘わらず、時々先生の自宅を訪ねることがあった。そのころ先生は、美術に関する本の翻訳を出された。ぼくたちは、忙しい先生が翻訳を出したので驚いた。そこで、自宅訪問の折、誰かが、「先生、よく翻訳の時間がありましたね」ときいた。すると先生は、「どんなに忙しくても、一日に一ページは翻訳することにしているんだ。一日に一ページやれば、十日経てば十ページになるだろう？　一日にゼロページだったら、十日経ってもゼロだからな」といわれた。これにもぼくは完全に納得した。確かにそうなのだ。ぼくは今八十七歳なのだが、中学二年、四年のときに聞いた倉田先生のこのふたつの言葉は、今でもぼくのなかでぼくを突き動かしている。そして、先生のそのときの声まで、はっきり耳のなかで聞こえてくる。若い者にとって、先生の及ぼす力はすごいものがある。

陸軍第二造兵廠へ配属

一九四四年（昭和十九年）、中学二年の秋、ぼくたちは待望の工場入りをした。そこは、陸軍第二造兵廠という、東京の南武線の南多摩にある火薬工場だった。俗に「火工廠」と呼ばれていた。軍人たちが仕切る入所式があり、われら軍国少年たちは身の引き締まる思いで、工場の従業員になった。

クラス毎の配属が決まった。ぼくたち二年A組は収函部に配属された。火薬は、数種の薬品を混ぜて溶融し、それを目的に応じた型に入れて冷却する。手榴弾用、地雷用、爆弾用などである。収函部は出来上がった火薬を受け入れ、それをずらっと並べた木箱にいれて周りを木綿で固め、木の蓋をして釘づけする。釘づけされた木箱を室内に列にして積み上げる。段が高くなって手が届かなくなると、一度ぼくらの肩で担いで積み上げていく。担ぐときには木箱の両側に生徒がひとりずつ立って木箱を持ち上げる。これを「はねる」といった。三人めの生徒が肩を入れて木箱を四十五度傾けて担ぐ。そのとき、頭と両腕でバランスをとるのである。肩あては当てるのだが肩が痛かった。そのうちに肩の皮がだんだん厚くなり、しまいには鋼を入れたように硬くなった。そうなるともう痛みは感じなかった。

初めのうちは、木箱をきちんと合わせて積み上げるのはとても難しかったが、ぼくらはどんどん腕をあげて、一発できちんと積み上げられるようになった。しかも自分の背より高くなると、下からポンと投げ上げる。バスケットボールのような具合である。うまく一発でのっけられると、みんなで喝さいした。子どもは何でもゲームにしてしまう。しかし、中身は火薬なのでつねに緊張感はあった。「絶対に落としてはいかん。万が一落としたら、手がつぶれても最後まで手をはずすな」と、厳しくいわれていた。それでも慣れてくると、右手で火薬箱の底の一つを軽く支え、四十五度に傾けた火薬箱を後頭部で支えて、左手は遊ばせて担いだものだ。このときのバランス感覚は戦争が終わって学校に戻ってからも長く残っていて、重い物を担ぐのは平気だった。

そうやって火薬の木箱の列が室内にいくつも並ぶ。やがて、火薬を火薬庫に運ぶための馬車が来て、今度は木箱を馬車に移し替えるのである。また火薬箱の両側に生徒がひとりずつ立って、箱をはねる。三番目の生徒が肩を入れて担ぎ、馬車まで運んで馬車に積み上げる。部屋を出るとき、鴨居の下を潜らなければならない。火薬箱を担いだまま腰を落として潜るのはとても苦しかった。

箱の重さは、初めのうちは手榴弾用火薬で、三十キログラムとのことだった。やがて戦車地雷用火薬で、四十五キロになった。そのうちに六十キロの箱が来た。この重さになると体の小さな生徒は担げず、勢い体の大きな生徒に回ってきた。ぼくはクラスで一番大きかったので、いつも大型火薬箱担当だった。年が明けて二年の終わりころになると、九十キロと百十キロの箱が来た。これを担げるのはクラスの最大型の三人しかいなくて、ぼくら三人はつねにそれを担がされた。中学二年、三年の体で九十キロ、百十キロの箱を担ぐのだから、体にいいわけがない。ぼくは背骨を傷め、敗戦後も三十歳くらいまで、背骨の痛みに苦しんだ。

この大きな火薬は、特攻機が腹に抱えて敵艦に突っ込んでいくためのものだった。大きな木箱は九州の特攻隊の基地、知覧に送られるとのことだった。ぼくらの作った火薬で、どれだけたくさんの若者が命を落としたことだろうと思うと、今でも心が痛む。日本の、そしてアメリカの。戦後、知覧へ行ってみた。国のため、という抵抗できない呪縛のもとで、あらゆる幸せを諦めて死に向かって飛び立っていった若者たちのことを思い、涙が止まらなかった。戦争は絶対に悪だ。

B二九への体当たり

この造兵廠は地元では火工廠と呼ばれていた。ぼくらが火工廠に配属になったころには、毎日のように空襲があった。

ある晴れた日、頭上をB二九の九機ずつの編隊が東京方面へ進んでいった。時々、小さい白い点が編隊に近づいていく。日本の迎撃戦闘機だ。白い点は編隊に近づいては旋回して離れていく。撃墜された戦闘機はなかったが、ごくたまに白い点がB二九に吸い込まれるように消えていくことがあった。次の瞬間、B二九が飛び散って、細かくちぎられた銀紙のようにきらきら光りながら落ちていくのを見たことがある。戦闘機がB二九に体当たりしたのだそうだ。もちろん日本の航空兵も即死だったろう。火工厰から見上げていたぼくたちは、言葉もなかった。B二九のエンジン部分だけは、重いので、きらきら落ちてくる銀紙より速く、一直線に落下してきた。

あるとき、白い点がB二九に吸い込まれた次の瞬間、パラシュートがぱっと開いた。不思議なことがあるものだと思っていたが、翌日の新聞に、ある航空兵が体当たりの直前に戦闘機から飛び出して生還したと、大々的に報じられていた。運動神経抜群の航空兵だったのだろう。彼は二、三回生還に成功し、英雄扱いされたが、何回目かに脱出に失敗して戦死したとのことだった。いわゆる特攻攻撃なのだが、そのたびに必ずひとりの若者がその尊い命を失うのである。決して英雄として美化できることではない。今でも中近東やロシアで自爆攻撃が行われているが、ぼくはそれを見聞きするたびに、東京上空で決行された自爆攻撃を思い起こさざるを得ない。その瞬間にひとりの若者が死ぬのだ。

火薬の収函作業中にもたびたび空襲警報が鳴った。作業を止めて避難するのだが、避難先はなんと火薬庫だった。ぼくらの作業場から火薬庫へ火薬を収めにいくには、牛車で十分くらいかけていく。たしかに火薬庫は天井がコンクリートで固められているし、その上に土があり草でおおわれているが、敵機から見れば、すぐにそれとわかるだろう。それでも、空襲になるとみんな火薬庫へ入るように命令された。見ていると、グラマン戦闘機が超低空飛行をして目の前を飛び去ることもあった。一発喰らえば、大爆発して全員ふっとばされたことだろう。

今、中学三年の子どもたちを、何かのときに火薬庫に避難させたら大問題になるだろう。だがいったん戦争になれば、人権などまったく考えに入ってこないのである。

そのころはもう日本の近海の航空母艦から発進したグラマン、ロッキードなどの戦闘機が襲ってきていた。あるとき、火薬庫で息をひそめていたら、グラマンが超低空飛行で目の前を飛んでいった。あれが一発撃ち込んできたらおしまいだ、と思って震えてしまった。

夜勤

一九四五年（昭和二十年）四月からは、三交代の夜勤が始まった。本土決戦に備えて弾薬の増産がはかられたのである。ある夜中に収函作業中、空襲警報が鳴った。みんな作業を止めて、山道を少し歩いて火薬庫に避難した。敵機は近づいてこなかったが、遠くのほうからドーン、ドーンと重い音が響いてきた。指導員の工員が、あれは川崎方面が艦砲射撃を受けているんだと話してくれた。翌日の新聞にも艦砲射撃のことが報じられていた。後で聞いたことだが、空襲は頭上に敵機がいなければ爆弾は落ちてこないのでこわくないが、艦砲射撃はいつ、どこから弾丸が飛んでくるかわからないので、非常にこわいものだそうだ。

火薬庫の中で、ドーン、ドーンという艦砲射撃の音を不安一杯で聞いていたとき、ふと気がつくと、火薬庫の前の草はらに月見草が数本咲いていた。あたりは月の光で明るく、月見草がとてもきれいに見えた。このときの月見草の姿は今でも忘れられない。いや、月見草を見ると、今でも艦砲射撃のドーン、ドーンという重い音が聞こえてしまうのだ。

夜勤で夜中に重い火薬箱を担ぐのは、昼間よりはるかにきつかった。特に九十キロ、百十キロの箱を担ぐのは辛かった。鴨居の下をくぐるときが一番苦しかった。しかも、床が夜露で滑るのでこわかった。絶対に落としてはならない物だから。

夜中に一時間の休憩があった。ぼくたちは、火薬箱につめる木綿の山で横になった。そのころ、ぼくは勉強に少し飢えていたのか、家にあった本を適当に持って行って読んだおぼえがある。『玉勝間』や『梁塵秘抄』などだった。中学三年で理解できるわけはないが、勉強から引き離されていたので、とにかく何かを読んでみたかったのだと思う。

勤労動員中は工場での指導員の指導にまかされるので、中学校の先生は、時々見回りに来るだけで、しかも生徒指導についても口出しはできないことになっていたようだ。そのため、クラス担任の倉田先生は、ぼくたちに日記を書いて提出するようにきめた。毎週一回提出して、先生が朱を入れて返してくれた。日記を書くことを嫌がった仲間もいたが、ぼくは真面目に書いて提出した。倉田先生は丁寧に感想を朱筆で入れて返してくれた。ぼくはそれが嬉しくて、ほとんど毎日書いた。

その日記帳二冊が最近偶然に見つかった。そこには、政府の指導をまともに信じ込んで、お国のためにすべてを捧げる十五歳の軍国少年のぼくがいる。当時の生々しい状況がわかるので、その一部を掲載する。

火工廠日記

日記帳（自　昭和十九年十二月十八日　至　昭和二十年四月四日）　より抜粋

昭和二十年二月十六日（金）

今朝起きて顔を洗ってゐたら警報が発令され次いで警報により今日の敵は小型機であることを知った。間もなく空襲警報が発令され我々は防空服装を整へて庭に出ていつでも待避出来得る態勢をとった。しかしなかなか敵機は立川方面には現れなかった。そして主に千葉方面の飛行場が敵機に襲われてゐる事を知り間もなく正午にならんとする時である。突然正に突然キーンと云う爆音に続いてダダダダ……バリバリ……キーンドンドンバリバリバリ……ダダダダ……といふ敵グラマンF6Fヘルキャット戦闘機の約二十機編隊の立川飛行場奇襲の音響を聞き驚いて空を見ると尚も敵機の急降下、続いて低空飛行による敵機の避退が目に映った。この時味方の戦闘機は居なかったが地上火器が相当射撃した。敵機を撃墜する事は出来得べくもなかった。その後井上と渡辺（注：クラスメイト）が来たので家へ入れと奨めたが辞退して歩いて八王子に帰って行った。昼食後緊張してゐたが高空や遠くで空中戦をしているだけで済んだ。今日は夕食迄に四回空襲になり未だ警戒警報は解除されてゐない。本日の

空襲により東京の住民殊に中枢部の奴等は腰を抜かしたか何糞と頑張り戦意を高めたか、どうか後者であってほしい。（後略）

二月十七日（土）

今朝も解除にならずに八時ごろから敵機が侵入して来た。昼食後間もなく兄が屋根へ上がって木の枝を切ろうとして装具を全部取った所へ敵の約二十機の編隊が日立、立川飛行機（注：いずれも工場）等を攻撃して来た。僕も帽子しか被ってゐない時であわてて壕に逃げ込んだ。兄もしばらくして裸足で飛び込んで来て二人で敵機を観察した。F6Fが低空で避退したりTBFが爆弾倉を開けてつっこんで行ったり。壕に入る前にはSB2Cの急降下を見た。SB2Cはバーラクーダのやうな大きいフラップを持ってゐた。F6Fは胴体の半分くらいの長さの補助タンクらしきものをつけてゐた。機銃の音、高射砲、高射機関銃・砲。付近に破片等が落ちる音、敵機の急降下の音、超低空の音、音、音、音が入り混じって大交響楽を奏し約十分にして一斉に退去してその後は森閑として、正に台風一過、ほっとして道路に出て見ると軒並みに人が出て或ひは空を見上げ或ひは互いに無事の告げ合ひ如何にも愉しさうであった。（後略）

三月十日（土）

昨夜敵B二九が少数機ずつに別れて帝都に来襲した。東の空が真っ赤に染まったので今日、浅野（注：クラスメイト）に聞いて見たら下町の方が物凄く燃えたらしい。大本営発表では百三十機も来たといふ事である。作業は運搬、背中が痛くて思ふやうに担げないで残念。（注：この空襲で錦糸町方面が大損害を被った。今いう東京大空襲である）

四月三十日（月）

今日午前中敵の空襲があったので作業は出来なかった。今日も立川付近の工場を狙ったそうである。午後大いに張り切って殆ど収函出来た。帰りの電車はとても混雑した。七時の報道の時ヒムラー国内軍司令官が米英に降伏を申し出たといったので驚いてしまった。ドイツもいよいよだめかと思うと国民やヒットラーが可愛想でならない。しかしヒットラーは偉かった。世紀の英雄である。悲しきかな英雄の末路。天は努力家ヒットラーを見捨て給ふたのか。ムッソリーニも遂に捕へられてしまった。今は彼を救う者とてない。否、ヒットラーさへ救う術もないのだろうか。しかし日本もうかうかしてゐればこのやうになるであろう。一刻も早く雄渾なる政治が出てこの危局を乗り越えて行く事を念ずる。

六月四日（月）

作業は運搬だった。五百キロが沢山あったのでへとへとになってしまった。作業の暇の時に伊藤（注：クラスメイト）といろいろ話したりして楽しかった。（中略）本当に友達といふものは大事である。（中略）沖縄の戦況が近頃大分危いらしい。今迄でも危なかったのにそれを有利であるやうに伝へてゐた者は大きな罪だと思ふ。又こんなに不利になったのに新聞等には未だに「楽観を許さず」とか何とか云って率直に戦局を認めないのは甚だ遺憾である。その点米国は敵ながらなかなか正直にいっているやうに思ふ。殊に（注：日本の報道は）日本軍の様子を「……と敵側で報じています」とか、戦果でも敵に与へたものだけいってこちらのはかくす上に敵が損害を発表すると必ず「小出し発表」等と言ふのはよくないと思ふ。「小出し」かも知れないが全然かくして損害なんか受けないやうに見せて置きながら艦隊がなくなりじりじり押されてとうとうは負けると云ふのよりよいだろう。もっと正確に戦局を国民に知らせなければデマも飛ぶ訳である。

教育の恐ろしさ

十五歳のぼくの文章を今読むと、教育というものが如何に恐ろしいものであるかを強く感じる。子どもは、教えられたら一途に信じていく。今大人をやっているぼくらは、子どもたちに同じ過ちをしていないだろうかと考える。原子力は、平和に使えば安全なのだと信じ込ませていないか。原子力発電は原子爆弾とはまったく別物だと信じ込ませていないか。大本営発表のような、いいことばかりを伝えていないか。お上や大きな報道機関のいうことはすべて正しいのだと信じ込ませていないか。

特に小学校、中学校で使う教科書は、子どもに対して決定的な影響力を発揮する。最近の教科書採択の様子を見ていると、極めて国粋主義的な国家観、歴史観をもったグループの作った育鵬社の歴史教科書と公民教科書を採用したところがある。大阪市、横浜市、藤沢市など。全国的にみればまだ少数だが、毎年その数をふやしている。そういう教科書で教育された子どもたちは、否応なく国粋主義的な国家観、歴史観を植えつけられていくだろう。戦争中の国定教科書による国粋主義的教育を受けてきたぼくにとっては、悪夢をまた見せられるような恐怖感がある。大人は教科書問題にもっと敏感でなければならないと思う。

子どもたちだけでなく大人までが、教育によって間違ったことを信じ込んでしまう恐ろしさは、東京電力福島第一原発の大事故が暴いて見せてくれた。原発の「安全神話」を、ごくわずかの人を除いて日本中の人が信じ込んでいたのである。そして事故以後は、原発がなくなれば日本のエネルギー不足が起き、生産は落ち、経済が衰退すると信じ込まされようとしている。私たちは賢くならなければならない。一部の人たちが教育や報道を牛耳ろうとしているのだから、それを見破る賢さが、今でも求められているのだ。

戦争中の国民生活

鉄橋攻撃

ある日の朝、夜勤を終えて帰ろうとしたら、前夜の空襲で南武線が不通になっていた。仕方がないのでみんなで府中街道を歩いて帰ることにした。火工廠を出るとすぐ多摩川がある。そこには南武線の鉄橋と人馬のための木の橋がある。鉄橋のほうが近道なのだが、絶対に鉄橋を渡ってはいけないといわれていた。ところが、夜勤明けで疲れているので、誰でも早く帰りたい。というわけで、威勢のいいのが三人、鉄橋を渡り始めた。ぼくらふつうの子は決められた通り、木の橋を渡っていった。

ところが半分ほど来たころ、グラマン戦闘機が二機現れた。ぼくらは橋を走って対岸の木の茂みに隠れた。鉄橋の連中はと見ると、線路に伏せて動かない。グラマン戦闘機はそれを見つけたらしく、急降下してロケット弾を発射した。ぼくらは息が止まりそうだった。だが幸いに弾ははずれ、河原に高い煙を立てただけだった。しかし戦闘機は一度上空に舞い上がって急旋回し、また急降下してロケット弾を発射。二機が交互にくり返した。上空で急旋回するその姿は、本当に悪魔のように思えた。悪魔の意志が働いていると思った。

急降下攻撃は数回くり返されたが、最後まで鉄橋には命中せず、ぼくらはほっと胸をなでおろした。恐ろしい光景だったが、後から考えると、戦闘機は、鉄橋に命中させる気は、はじめからなかったのではないかと思う。本気だったら、対空砲火も何もないのだから落ち着いて命中させることができたと思う。この時点では、アメリカ軍はもう勝利を確信していたから、占領後のことを考えると、鉄橋は残しておいたほうがいいと判断していたのだと思う。占領後の日本を支配するには、余計な破壊はしないほうがいいと計算していたのであろう。そのことは、火薬庫の上を戦闘機が超低空で飛んでいったときにも感じた。火薬庫は後で利用価値があると考えていたのだと思う。現に、占領後、火工廠はアメリカ軍が長年にわたって火薬庫として使っていた。

犬肉のカレーライス

食糧事情は極めて悪かった。米は配給制になり、ひとり一日の量が決められて、配給切符によってわずかずつ配給された。肉類はほとんどなく、タンパク質といえば魚だけだった。いわしの干ものひとつでご飯を食べたこともしばしばだった。特に都会がひどかったのだと思う。

そんなある日、火工廠で野犬狩りがあった。野犬があたりをうろうろしているのである。野犬狩りがあった日、作業を指導してくれている作業員が、「近いうちにカレーライスが出るぞ」といった。二、三日して、昼の給食にカレーライスが出た。みんな肉に飢えていたので喜んで食べた。食べ終わったころ、その作業員が、「これは犬肉のカレーライスだったんだ」といった。ぼくらは仰天したが、みんな異口同音に、「おいしかったなあ」といった。鶏肉のような感じだったのだ。

配給でお米を買っても、それは玄米か七分搗きのお米だった。確かに健康にはいいのだろうが、白いお米が食べたくて、ほとんどの家庭では自宅で精白をしていた。ぼくのうちでは、一升瓶に玄米を入れ、それを竹の棒で何回もついて少し精白した。精白とまではいかないのだが、白米に少し近づいた感じだった。弟たちはまだ小さかったので、兄とぼくが米搗き係だった。今は白米が当たり前で、玄米は健康志向の人しか食べないようだが、食糧危機の時代のほうが、健康にはよかったのかもしれない。

そのことで、ぼくはいつも思い出すことがある。戦争中も、戦後の貧しい時期にも、大豆はいつも手に入った。魚では煮干しがあった。わが家では、おやつ（というより、食事以外に口に入れるもの）といえば炒り大豆と煮干しの炒ったものだった。炒り大豆は硬いのだが、若者の歯にはちょうどよかったのだろう。煮干しは、母がおつゆのだしに使った後のものを炒って食べるのだった。おいしかった。今から考えれば、これも健康にはとてもよかったのだろう。カルシウムをたっぷり摂取したのだから。ぼくは今、健康に恵まれて仕事を続けているが、皮肉なことには、若いときに大豆と煮干しをたくさん食べたことがベースになっているのではないかと、自分では勝手に思っている。

隣組

第二次世界大戦（当時は大東亜戦争といわれていた）が始まってから、日本全国に隣組が組織された。これはいろいろな情報を国民にもれなく知らせ、また、近所の住人が互いに助け合うため、と説明されていた。

人が地域で暮らしていくには、たしかにその地域での互いの助け合いや協力が必要である。しかし戦争中の隣組には、互いに監視しあうという意味が隠されていた。

食糧不足に不満をもったり、家庭の中心である夫や息子を兵隊にとられることへの不満をもつ人は確かにいた。そういう人のことを、当時の新聞やラジオは「非国民」と呼んだ。「兵隊にとられる」といういいかた自体、非国民として非難された。「皇軍の兵士として召された」といわなければいけなかったのである。兵隊にとられることは、ほとんど死を意味する。それなのに、「軍国の母は泣かない」と宣伝されているので、出征する夫や息子を駅まで見送りに行っても、母親は涙を見せてはいけなかったのである。「息子が皇軍の軍人になることは光栄です」といわなければならなかった（現在の北朝鮮はそういう雰囲気のようである）。そういうことを互いに見張っていたのが隣組だった。隣組の人が、見張った結果を誰かに通報していたのかどうかわからないが、通報されるだろうと、みんな互いに疑心暗鬼になっていたのである。「壁に耳あり、障子に目あり」という言葉が喧伝された。それが日本の独裁体制を支えた。ナチスや東ドイツの共産体制でも密告は確実に行われていたそうだが。

国防婦人会が全国に組織されていて、軍事教練も行なわれた。女性たちを集め、軍人が、竹槍でB二九爆撃機を撃退する訓練をしていた。誰が考えても噴飯ものだが、笑ってはいけない。誰も批判せずに、真面目に行なわれた。新聞は、戦意高揚のために、それを華々しく報道していた。

一九四二年（昭和十七年）にアメリカ軍機が初めて日本本土上空に現れてから、防空演習も頻繁に行われた。警報が鳴ると、明かりを消さなければならない。町は真っ暗になる。家庭でも、雨戸を閉め、カーテンを閉め、電灯は豆電球しか使えず、しかも黒い布でカバーして、光が漏れないようにした。その状態を隣組の組長が点検して回り、少しでも明かりが外に漏れていると注意した。ぼくは、こんなわずかな明かりが、何千メートルの上空の敵機から見えるのかな、といつも疑問に思ったことをおぼえている。そして、事実、頻繁に空襲があるようになると、街の明かりがあろうがなかろうがお構いなく、町全体に焼夷弾が落とされた。これは絨毯爆撃と呼ばれていた。一家庭の消灯なんかをはるかに超えた、すさまじい出来事だったのである。

欲しがりません、勝つまでは

当時は、国民に戦闘意識を植え付け、苦しい生活に耐えていくことを強要する標語がたくさん作られた。「欲しがりません、勝つまでは」は特に強調され、あらゆるところに掲げられた。国民は、衣食住、すべての面で耐乏生活を強いられているので、政府は、それが少しでも緩んだら戦争への意欲が萎えてしまうと恐れたのだろう。

「欲しがりません、勝つまでは」に反する行動がないように監視していたのが、隣組であった。無言の監視である。みんな周りの目を恐れて自粛した。戦後になって、「赤信号、みんなで渡ればこわくない」という言葉がはやったとき、ぼくは、戦争中、みんなが互いの目を恐れて委縮したことの裏返しだと思った。両方とも、自分の信念で行動するのではなくて、周りの目を気にしながら行動する、ということでは同じなのだ。そのことは、現在の「空気読め」にも通じている。日本は今、平和を謳歌しているが、周りの目を気にしながら生きるという行動パターンは、戦争中と少しも変わらないと思う。これは危険なことなのだ。「脱原発を口にすると、まわりから変な目で見られると思う」という空気が既に生まれているという。空気なんか読まないで、自分の信念で行動することが大切なんだという考えが主流の社会にならないと、この国はすぐにまた何者かに独裁されてしまう。

標語は、他にもたくさん作られた。「鬼畜米英」「大東亜共栄圏」「神国日本」「神風」「万世一系の皇室」「世界に冠たる日本」「撃ちてしやまん」などなど。すべての新聞が同じ言葉を並べていた。ラジオは国営だからもちろんである。それに異を唱えることはできなかった。思想が統一されていた。無言の監視が利いていたのである。今の北朝鮮やカダフィ時代のリヴィアと同じだったのだ。日本は今またそれと同じ危険な方向にあると思う。

空からまかれたビラ

一九四四年（昭和十九年）の終わりごろ、アメリカ軍機が、空いっぱいにきらきら光るものを撒いていった。それは地上まで降りてくるのに時間がかかったし、広い地域に一枚くらいしか落ちてこないので、見ることは出来ず、何なのかわからなかった。しかし、それがくり返されていくうちに、ぼくらの手にも入った。それは、アメリカの宣伝ビラだった。

内容は、「連合軍はもうサイパン島を占領し、日本本土攻撃の準備は整った。日本人はこれ以上の犠牲を避けるため、戦争終結のために動いたほうがいい」とか、「われわれの敵は日本の国民ではない。軍閥なのである。国民は戦争をやめさせるよう、意志表示したほうがいい」というようなことだった。しかし、当時のぼくらにはそれはまったく信じられなかった。新聞やラジオも、「アメリカの謀略に引っかからないように」と、毎日宣伝するようになった。ぼくらは、信じる気はまったくなかったが、「鬼畜」と聞かされてきたアメリカ人の直接の文章と思うと、とても気味悪かった。特に、「われわれの敵は日本の国民ではない。軍閥なのである」という文句は、初めて聞いたことなので驚いた。

本土決戦

六月末には沖縄がアメリカ軍によって制圧された。しかしそれも内地の国民には知らされなかった。本土の空襲はますます激しくなり、あちこちの町が焦土となった。しかし、軍が支配する政府は「本土決戦」だと叫び続けていた。敵を本土まで「おびき寄せて殲滅する」作戦なのだという。ぼくらは火薬工場で、敵の戦車が海岸に上陸して来たとき、砂浜に地雷を埋めておいて、戦車を破壊するのだと教えられて、「戦車地雷」なるものを大量に作らされた。九十九里浜への上陸を予想しているという噂だった。ぼくらは真剣になって「戦車地雷」を作った。

だが、今考えれば、「おびき寄せる」といったところで、一隻や二隻の軍艦ではない。物量作戦で攻撃してくるアメリカ軍は、おびき寄せられて尽きるような数ではない。たちまち本土で大激戦になり、民間人も殺されることになるのは確実だったのである。軍と政府の無謀な戦争指導は、敗戦後、日本国民によって厳しく罰せられなければいけなかったのだ。だが、日本人はそれをしなかった。東京裁判は戦勝国がした裁判であって、国民は関与しなかった。国家の指導層は責任をあいまいにして、いつの間にかみんなが忘れるのを待つ。これは、東京電力福島第一原発の大事故の責任問題についても、そのままいえることである。日本の政治家たちは、あの無条件降伏という、国家としての最悪の経験からさえも何も学んでこなかった。いや、今、責任をあいまいにしておけば、みんなそのうちに忘れるだろうということを学んできたのかもしれない。だが、国民は忘れてはいけない。

蒋介石からの和平提案

ぼくら家族が立川に住むようになってからも、父はまだひとりで北京で活動していた。しかし、一九四三年（昭和十八年）、遂に北京からの退去命令が出て帰国してきた。軍の中国統治が一層厳しくなり、それを批判する父を追放したのである。

帰国後の父は無職になった。しかし、遠藤三郎という親しい少将が当時軍需大臣をしていて、彼に頼まれて軍需省顧問の形で、日本各地の炭鉱で労働させられている中国人捕虜の待遇を監視する役を仰せつかった。真冬に北海道や東北の炭鉱にでかけていったことをぼくはおぼえている。父は帰ってくるたびに、中国人捕虜たちがひどい状態で労働させられていることに心を痛めていた。遠藤少将には一部始終を報告していたそうだが、一向に改善されなかったようだ。

日本の政府と軍は強がっていたが、連合国側から見たら、日本はもう倒れる寸前だったようだ。蒋介石が、アメリカの意向も受けて、日本に和平提案をしてきた。日本国内では完全に極秘のことだったが。父から聞いたところでは、蒋介石は和平交渉のための天皇の全権特使として、石原莞爾を指名してきたとのことである。

ところが日本陸軍内部では、石原は東條軍閥との覇権争いに敗れ、数年前に退役して山形で農業をしている。天皇は決断できない。すると蒋介石は、石原がだめなら辻政信を特使とせよと提案してきた。石原の盟友たちは、天皇の重臣会議のメンバーに働きかけ、天皇に石原を特使として派遣するよう進言してもらうことに奔走した。父も石原莞爾を信奉していたので、父としては、親しくしてもらっていた本庄繁大将のもとにほとんど日参して、石原特使実現のために働いた。ぼくは父から、今日も本庄大将と話してきたという言葉を何回も聞いた。

天皇の周囲には、東條英機信奉者がたくさんいたので、石原特使反対の進言も当然たくさんあっただろう。天皇は決断できなかった。幾日も流れた。連合国側はそれを見ていたのだろう。

空襲

テレビで、アメリカ空軍によるイラク攻撃を見ていると、ミサイルの照準器の黒い十字印の下に家があり、一瞬後に土煙があがってその家が消えさる、というような場面がよく現われる。あるいは、アメリカの攻撃機が急降下しミサイルを発射して、すぐ上昇していく。すると地上から黒煙が舞いあがる。テレビではそれと同じような場面が、映画の一場面として、あるいはアニメの一場面として、いつでも流されてくる。見ているわれわれは、イラクでの実戦の映像を、同じテレビ画面に現われる場面なので、映画の一場面のような気持ちで見てしまっていないか。両者はまったく別物であることを忘れてしまっていないか。

実戦の報道場面の場合には、土煙があがって家が消えたとき、人間が殺されたり、大けがをしたり、ものすごい恐怖にさらされたりしているのである。ミサイル攻撃で黒煙が舞いあがったとき、人間が殺されたり、大けがをして、苦しんでいるのである。

慣れすぎてしまったわれわれは、戦争の恐ろしさに対して無感覚になっていると思う。第二次大戦中、アメリカの爆弾投下のもとでその恐怖をいやという程体験させられたひとりとして、そのことを強調しておきたい。

一九四一年（昭和十六年）十二月八日の真珠湾攻撃からの約一年間は、日本軍は「破竹の勢い」で東南アジアを占領し、日本国中、勝利に酔いしれていた。だが、一九四二年ごろからあやしくなり、同年六月のミッドウェー沖大海戦では、日本海軍の主要艦艇は海に沈んだ。そのころから、アメリカ軍機による日本本土への偵察飛行があり、日本国民は、想像もしていなかった危険をうっすらと感じ始めていた。それでも「大本営発表」はつねに日本が戦争の主導権を握っているかのような発表をくり返した。陸軍の「退却」は「戦略的転進」という言葉でごまかされていた。

一九四四年後半からは、サイパン基地を確保したアメリカ空軍がB二九長距離爆撃機で、東京を爆撃し始めた。初めのうちは、時々空襲があるという程度だったが、一九四四年終わりごろになると、つねにどこかの都市が襲われるようになった。

爆弾の直撃

当時、アメリカは日本の都市にも無差別に爆弾を落とした。都市爆撃の場合は、木造の民家を焼くためだから、焼夷弾が主だった。ところが、立川基地へは爆弾が落とされた。飛行場施設の破壊が目的だったからである。時々爆弾がそれて、町へ落ちることがあり、多数の市民が殺された。

中学三年生だった兄の親友の家が、町と基地の中間あたりにあった。あるとき、爆弾がそれて基地近くの民家がやられたという噂がひろがった。兄はそれが親友の家の方角だったので心配して、すぐ行ってみるといった。ぼくは兄について自転車で彼の家へ向かった。着いてみると、あたりは、やられた人、救助に来た人でごった返していた。彼の家はなく、そこに直径二十メートルくらいのすり鉢状の深い穴があった。ぼくは息をのんだ。兄の親友は死んだと思った。しかし、あたりを歩きまわっている人に聞いてみると、その家族はお父さんと息子だけ助かったが、お母さんと娘さんは防空壕の中で生き埋めになって死んだ、と聞かされた。ぼくらは、生き残ったお父さんと息子が収容されているところを聞きだして、かけつけた。彼はぼう然としていた。何を聞いてもうわの空のようだった。

それでもぽつりぽつりと話してくれた。

空襲警報が鳴り、アメリカの爆撃機が編隊を組んで近づいてくるのが見えたので、父母と彼と妹が庭の防空壕に避難した。母と妹を奥のほうにかくまい、次に彼が入り、父が最後に入って、入口のところで外の様子を見ていた。

突然ふっとばされた。何が起きたのかわからなかったが、これが爆弾だったのだ。防空壕はつぶれた。父はすぐ脱出した。そして彼の手をひっぱって彼を救いだした。しかし、奥にかくまわれていた母と妹は、つぶれた防空壕に埋めこまれて、救出できなかったという。

彼は一瞬にして母と妹を失った。もちろん家は跡形もなく、大きなすり鉢状の穴があいているだけだった。

テレビで見る爆撃の場面は投下するほうからの光景のみである

テレビで見る爆撃の場面は、爆弾を投下したほうからしか見ていない。だが、ひとつひとつの爆弾が落下したところでは、このような悲惨なことが起きていることを皆さんにおぼえていてもらいたい。テレビで見る戦いの場面は、ほとんど必ず、射撃するほう、攻撃するほうからの目線で見た場面である。だが、弾の飛んでいく先には、必ず人間がいることを忘れないでもらいたい。訓練場の丸い標的ではない。

ぼくの経験では、爆弾が落下してくるときには、電車が鉄橋を渡っているような、ごーっという音がする。それが、少し遠いときもあるが、真近に迫って、ものすごく大きく聞こえることもある。必ずクレッシェンドしてくるので、ものすごくこわい。そのたびに、これで終わりかと思う。

ところが、ひとに聞いたところでは、鉄橋を渡るような音が聞こえたときには、自分のところへは落ちないのだそうだ。自分のところに落ちるときには、音より先に爆弾が落ちてくるものだとのこと。幸いなことにぼくはそれを経験したことはなかった。経験していれば、今ごろ、こんなことを書いてはいないだろう。

立川の市街地に直接、爆弾を投下されたことはなかった。しかし、ある空襲のとき、照明弾が落とされた。照明弾は夜、攻撃機が地上をよく見て攻撃できるように投下するものなので、これが投下されると次に爆弾がくると思わなければならない。照明弾はゆっくり落下してくる。多分、落下傘をつけているのだろう。立川の柴崎町一体が昼間のように明るくなった。ゆっくりなだけに不気味で、ぼくらは次に爆弾がくるものと覚悟した。だが、そのときはなぜか照明弾だけで、みんなホッとした。町並みだけなのを見て、爆弾投下をやめたのだろうか。

それでも、密集した町並みから少しはずれたところにあった大きな病院が直撃されたことがあった。空軍基地を狙ったものが外れたにしては町をはさんで反対側なので、なぜかわからなかった。とにかく、うちの隣組のある家の息子が入院しているというので、隣組では救助隊を組織してかけつけた。

わが家では、こういうとき、いつもぼくが出る習慣になっていた。弟たちは小さいから役に立たないのである。

中学三年生のぼくは、隣組のおとなにまじって病院へかけつけた。病院はほとんど完全に破壊されていて、まだ煙があがっていた。犠牲者はすでに、こわれた病棟のあちこちにまとめてござにまかれて寝かされていた。ぼくら救助隊は入院している息子の家族に導かれて焼けおちた病棟に入り、ござにまかれてごろごろ転がっている死体の中から、息子を探しだし、担架に乗せて庭へ運びだした。まっ黒にこげた脚がござからにょきっと出ていた。庭には、そうやって家族に確認された遺体がごろごろと並んでいた。あの光景は忘れられない。

爆弾が投下されたところでは、今のイラクでも、必ずこういう悲惨なことになっていることを知ってもらいたい。

防空壕

立川市柴崎町のわが家でも庭に防空壕をふたつ掘った。ふたつともぼくがひとりで掘った。広さはたたみ二畳位。深さは、おとなが少し頭をかがめて立てるくらいである。地面を垂直に掘り下げていく。この広さと深さの穴を掘るには、どんなに頑張っても三日はかかる。掘った土は庭に積み上げておく。穴が掘り上がると、棒と板を渡して天井を作り、その上に土を盛り上げる。かなり厚く盛らないと、射撃や爆弾の破片を防げない。入り口はせまいほうが爆風が入りにくくてよい。人がひとりやっと入れる幅。そして、階段を作っておかなければならない。そのようにきれいに土を掘るには、かなりの技術と用心を必要とした。

庭に掘った防空壕は、はじめはひとつだった。空襲警報のたびに、ぼくは、家の大事なものを運び込んだ。まずは食糧だった。六人の家族が数日は食べられるだけの米やみそなど。それに缶詰、木炭、マッチ、ろうそくなどだった。そして、北京から大事に持ち帰った、ぼくらの子ども時代の写真は重要財産で、警報のたびに運び入れ、解除されると運び出した。

のちに、征爾が指揮者として知られるようになってから、雑誌社や新聞社から、子ども時代の写真を求められることがよくあった。そのとき提供したのは、このとき立川で防空壕に入れたり出したりしたアルバムの写真である。

空襲が頻繁になり、物の出し入れが大変になった。そこでぼくは、防空壕をもうひとつ掘ることにした。それは庭先ではなく、門を入ってすぐ右、道路と建物の間から庭にかけてのところだった。壕の入り口のすぐ前に棕櫚の木があった。一九四五年（昭和二十年）になると、日本本土は、絶え間なくアメリカ空軍の爆撃と、艦載機による機銃掃射を受けるようになっていた。

機銃掃射

あるとき、空襲警報が鳴りわたり、ぼくらは門の脇の壕に入った。が、暫く敵機が来る様子がなかった。そのうちに小学生だった征爾と幹雄が、「のどがかわいた。水が飲みたい」といいだしたので、ぼくはふたりをつれて井戸へ行った。井戸は家の裏にあり、壕からそこへ行くには、玄関の前を通り、家をまわって行かなければならない。ぼくが井戸をこいでやり、ふたりは急いで水を直接手でくんで飲んだ。飲むか飲まないかのうちに急に艦載機の音が聞こえた。ぼくはふたりをせきたてて、玄関前を通って壕へもどろうとしたが、そのときもう敵機が頭の上すれすれに飛んでダダダッと、ものすごい射撃をしてきた。征爾と幹雄はかろうじて棕櫚の木の下にとびこんで体をかくした。もちろんぼくも後からとびこんだ。ふたりは、体を縮めて、敵機のほうをこわそうに見あげていた。そのときの恐怖におののいたふたりの顔をぼくは忘れることができない。戦争は子どもを容赦なく恐怖のどん底にたたきこむ。

ぼくの家の隣に一軒分の空き地があり、そのむこうに伊藤さんという家があった。このとき敵機の機関銃弾は、この空き地をダダダッと縫っていき、土煙があがった。ぼくは目をつむった。伊藤さんの家は煙で見えなくなった。ぼくらは伊藤さんの家が直撃されたと思った。後で聞くと、伊藤さんのほうでも小澤さんの家が直撃されたと思ったそうだ。

東京大空襲

三月十日夜、錦糸町方面の大空襲があり、五月二十五日には、中央線沿線、中野、高円寺、阿佐ヶ谷方面の大空襲があった。

立川は同じ中央線の下のほうにあるので、アメリカのB二九の大編隊が続々と中央線を上り方面へ飛んでいくのが見えた。そのころには日本の高射砲はまったく応戦できないし、いわんや戦闘機が迎え撃つこともなかった。それどころか、警戒警報が鳴ると立川基地から日本空軍機が続々と飛びたって、いずこへか避難する有様だった。

B二九の大編隊が通り過ぎていったと思うと、間もなく東の空が明るくなり始めた。三月十日の経験があったので、どこかが焼夷弾でやられているなと思った。三月十日錦糸町のときには、東の空が明るくなり、空全体が赤く燃えていたのである。五月二十五日にも空は次第に赤く照りはじめ、新聞が読めるほど、明るくなった。そして激しい風が吹いて木がゆれた。これは大変な被害だと思った。不安におびえながらほとんど徹夜で外を見ていた。当時、最後には神風が吹いて日本を救ってくれると、かすかな希望をもっていた日本人にとって、この大風は被害拡大の風だった。後から聞くと、あのときの風は、大火災によって上昇気流が起きたためだったとのこと。

翌朝になって、中野、高円寺、荻窪などが焼かれたことを知った。大勢の人が死んだ。家々は全滅した。それから数日後、何かの用で中央線に乗った。まわりは完全に焼野原だった。電車から見ると、まわりに何もない。中野、荻窪あたりでは、電車から五〇〇メートルくらい離れている青梅街道がまる見えだった。立川の中学の級友も、多くの者が家を失った。

焼夷弾が落ちてくるのは花火の火が落ちてくるようだ。だがものすごくこわい。地上に落ちると、間もなく火の手があがる。人が死に、住みなれた家々が焼かれていく。

くり返すが、テレビでは爆弾が落ちていく場面しか放映されない。だが、爆弾には、落ちてくる場面があり、その次に人が殺されることを忘れないでもらいたい。

第二次世界大戦後七十年経って、日本が一度も戦争に巻き込まれないでいられたのは、わが平和憲法のおかげである。だが今、日本政府と与党は、自衛隊をイラクに派遣することによって自衛隊の海外派遣の実績を作ることに成功し、次には憲法を改訂して、外国での戦争に、日本も参加できるようにしようとしている。自衛のための戦争でなく、アメリカがどこかの国に戦争をしかけたら、その戦争に巻き込まれるような仕組みを作ろうとしているのである。ぼくはそんなことを認めることはできない。

第二部　敗戦とその後

高性能爆弾

広島に高性能爆弾投下さる

一九四五年（昭和二十年）八月七日、新聞に、「広島に高性能爆弾投下さる」という大活字が現れた。ぼくらには「高性能」という意味がわからなかった。何か性能のいい爆弾位にしか思わなかった。その日の晩、立川のぼくらの家に、同盟通信（現在の共同通信の前身）の宍戸さんという、父が親しくしていた記者が来て、父と長いこと話をしていた。それは「原子爆弾」だったということが伝えられた。何かわからないが、ぼくはとても恐ろしい思いに襲われた。

父はぼくらに、「これですべては終わった。おれらの努力は無駄になった」といって、がっくりしていた。原子爆弾が投下されたということは、蔣介石の和平提案は消えたということなんだと説明された。天皇がいつまでたっても決断できないので、連合国側が見切りをつけたのだった。そして、長崎にも原子爆弾が投下され、数十万人が悲惨な死に方をした。八月十五日になって、やっと天皇の放送があった。その間にも、戦地では戦死する者があったことが、後でわかった。

八月十五日、朝のうちに、正午に天皇の「玉音放送がある」という予告がなされた。ぼくは二日前から原因不明の発熱で火工廠を休んでいたので、家族そろって放送を聞いた。録音ははっきりせず、何をいっているのか、はっきりはわからなかったが、戦争は終わったということらしいと思った。

みんな茫然となった。そのとき、陸軍飛行場から、隼戦闘機が一機、ほとんど四十五度に急上昇して行き、上空でくるりと向きを変えたかと思うと、また四十五度で急降下し、そのまま飛行場に突っ込んで自爆した。どーんという地響きが町まで響いてきた。おそらく「忠君愛国」一途に軍務についていた若い飛行兵が、敗戦に耐えきれず、発作的にした行為だったと思う。

自殺したのはこの飛行兵だけではなかった。宮城前の広場には多くの人が集まり、自分たちの力が足りなかったからだと、地面に頭をこすりつけて天皇に謝罪した。切腹した人もたくさんいた。政府と軍を統治しきれず、それに引きずられて国民に死を強いた天皇に、自分たちの力が足りなかったからだと謝罪したり切腹する日本人。「万世一系の天皇」「天皇は現人神《あらひとがみ》である」「忠君愛国」、これらの標語に完全に洗脳されていたのである。今のわれわれには北朝鮮の人たちの行動が異様に見えるが、戦争中の日本人はほとんど同じだったのである。

わが家では、天皇の「玉音放送」を聞いた後、父が、「これは日本人にとってはいいことなのだ。日本人は日清戦争、日露戦争とつねに勝ってきた。中国に対しても勝利を収めていると思ってきた。だがこれで初めて涙を知った。それはいいことなのだ」といった。ぼくにはこの言葉は忘れられない。山梨の貧しい農民の息子だった父には、中国で傲慢にふるまう日本人が我慢ならなかった。だがその姿勢は日本側の官憲には危険視され続けてきたのだった。

母は、「これで俊夫は火工廠へ行かなくてよくなった」と思ったそうだ。ぼくは、真面目に、「ぼくが行かなければ戦争に負ける」という勢いで、無理に無理を重ねて火工廠で重い火薬を担いでいたので、母ははらはらしていたらしい。特に、「玉音放送」の二日前から発熱して臥していたので、母は、「このままでは俊夫は死んでしまう」と思い詰めていたということだった。

敗戦直後の混乱

世の中は完全に混乱した。新聞には、宮城前の広場で土下座して天皇に詫びる国民の姿がくり返し掲載された。「自分たちがしっかりしなかったから負けたのです。申し訳ありません」という談話が出たりした。宮城前で割腹自殺した人もかなりいた。「万系一世の天皇」を守るのが臣民の使命だと教え込まれ、信じ切っていたのである。日本全体がそういう雰囲気だった。「一億総懺悔」ということを主張する人もいた。さすがにこれに対しては、「それでは責任の所在がぼやけてしまう」という意見も出てきて、かなり議論された。戦争指導者の責任を問う声もあったことは確かだが、一方で、戦勝国連合が戦争責任者への裁判を開くことになり、日本人自身による戦争責任の追及はかすんでしまった。そしていつの間にか、東京裁判で責任追及はすんだ、という雰囲気が醸成されていった。

思うに、天皇への戦争責任追及が出てくることを恐れた政府などが、そういう雰囲気を醸成していったのであろう。当時、放送は日本放送協会のみで、新聞も、敗戦にも拘わらず政府の監視が強かったのであろう。

政府、政治家、官僚への戦争責任追及がなかったことが、今に至るも影響を残していると思う。東京電力福島第一原発の大事故に際しても、その責任追及は一切なされていない。東京電力による損害賠償はいやいやながら行われているが、責任追及はない。いわんや、国家の政策として原発を奨めてきた歴代の政府、政党、官僚の責任はまったく話題にならない。この無責任体制の根源は、第二次世界大戦の敗戦時に、国民による戦争責任の追及をしなかったことにあると思う。あれだけの大戦争に国民を駆り立て、無数の死者を出した戦争指導者に、国民が責任追及をしない国なのだから。

食料の配給体制はまだ続いていたが、闇市場があちこちにできて、商売は活発になっていった。しかし立川に住むぼくらにはあいかわらず大豆、とうもろこし、身欠きにしんばかり配給された。

進駐軍──実は占領軍なのに

一九四五年（昭和二十年）八月三〇日だったと思うが、連合軍司令官、マッカーサーが神奈川県厚木の空軍飛行場に降り立った。軍用機からパイプを手に降りてくる姿が新聞に大きく掲載された。

このときすでにアメリカの第一騎兵師団という兵士たちが東京付近を制圧に入ってきていた。この師団はつねにアメリカ軍の先頭で戦う実戦集団だと聞かされ、こわかった。明らかに占領軍なのに、新聞は「進駐軍」と呼んでいた。そして「敗戦」なのに「終戦」と呼んだ。この「言葉のごまかし」は戦争中から敗戦後に至るまで直らない。東京電力福島第一原発の大事故に際しても「言葉のごまかし」があった。例えば政府発表に「直ちに健康に被害を与えるものではない」という言葉がよく使われた。これは「数年後に被害が出る可能性がある」ということである。

ぼくたちは火工廠での勤労動員が解除され、府立第二中学校に戻っていた。ある朝、ぼくたちが登校する前に、ぼくのクラス担任である倉田三郎先生が突然わが家に来た。父と母が先生を招き入れると、「ゆうべ当直だったんだが、けさ早くアメリカ軍が学校に来て、ぼくは追い出されてしまった」といわれた。ぼくたちはびっくりした。先生は朝飯も食べていないといわれたので、母がすぐ朝飯を出した。先生は、事情を知らない生徒たちが登校してくるからといって、すぐ学校に戻って行った。ぼくも兄と一緒に、こわいもの見たさに登校が禁止されていた学校へ行ってみた。すると、カーキ色の軍服を着てそろいの帽子をかぶったアメリカ兵たちが、校舎の窓から脚を投げだして、こちらを見下ろしていた。

それからの日本社会は大混乱だった。政治犯が釈放されたことが報じられた。学校では教科書の墨塗り作業が行われた。歴史教科書などの戦争賛美の言葉は、すべてぼくらの手で墨塗りさせられた。戦争中に隠されていた事実が、真偽とりまぜて新聞などで大々的に報じられた。暴露雑誌が次々に刊行された。

ぼくが特に腹を立てたのは、戦争中、金属や貴金属が不足だといって、それらは徹底的に供出させられたのだが、貴金属類は、軍部や高級官僚の連中が着服していたという報道だった。どこまでが真実なのかわからなかったし、だれも逮捕されなかったので、噂で終わってしまった。しかし、事実としてあったのだと思った。うちでは鉄の門扉を供出したし、母は貴金属類はほとんど供出してしまっていたのだった。

アメリカ軍による占領直後、日本の政治、軍事の指導者たちの逮捕が始まった。軍部にかつがれて三度も総理大臣をつとめた近衛文麿や陸軍の本庄繁大将は、逮捕を潔しとせず自殺した。日本を戦争に引きずり込んだ最大の責任者、東條英機大将は、逮捕される直前に自殺を図ったが失敗し、重傷を負ったまま逮捕された。

天皇はどうなるのかと国中が固唾をのんで見守っていたが、ある日、天皇がマッカーサー総司令官をGHQ（総司令部）に訪問した。この間まで「現人神」として、絶対なる存在だった天皇が、アメリカ軍の司令官を訪問したので、国民は、日本が負けたのだということを思い知らされた。そして、「天皇さまにあんなことまでさせて申しわけない」という空気が広まったと思う。それ以降、天皇の責任を問う声は、共産党系を除いて出てこなくなった。そして、天皇も「人間宣言」をした。それ以後、天皇の戦争責任はまったく問われなくなってしまった。東京電力福島第一原発の大事故について、国策として進めてきた国家の責任も、東京電力の企業責任も問われないまま、なんとなくときが経過してしまうという日本の気風は、これによって生まれたのだと思う。

徳田球一の演説

政党の復活

戦争中は大政翼賛会という軍部支持の政党しか許されていなかったが、今や政党が続々と結成された。そして、初めての普通選挙が行われた。初めて婦人参政権が認められた歴史的な選挙だった。社会主義も認められたので、社会党、共産党も誕生した。みな、牢獄から釈放されたばかりの政治家だった。なかでも、共産党の徳田球一はまばゆいばかりの存在だった。ぼくは中学三年生だったが、選挙の立会演説会は何回も聞きに行った。それは非常に新鮮で、強烈な衝撃を受けた。たしか府中の刑務所から出てきたばかりの徳田球一が、激しい身振り手振りで天皇制打倒を叫んでいるのが、特に大きな驚きだった。戦争中の教育がしみ込んでいるぼくは、共産党はこわいものとしか思っていなかったから。

軍人の復員も急速に進んだ。国内の軍基地からの復員と同時に、外地にいた軍隊も復員してきた。舞鶴、敦賀などの港に引き揚げ船が着いた様子が新聞に毎日のように報道された。わが家でも、広島で軍医をしていた叔父、小澤静が帰って来て、住むところがないので、夫婦でわが家に住むことになった。彼は原爆投下直後の広島市内で治療にあたってきたので、生々しい様子を少しだが聞かせてもらった。

東京裁判

一九四六年（昭和二十一年）五月三日、戦勝国によるA級戦犯の裁判が始まった。「東京裁判」である。東條英機はじめ二十八人が被告とされ、一人ひとりの罪状が告発されていった。父は板垣征四郎大将の弁護側証人として出廷した。その間、数日は家に帰ってこなかったので、ぼくは心配だった。父の思想の指導者、石原莞爾はとうに退役して山形で百姓をしていたので、戦犯の指名は受けなかった。

裁判は長期にわたり、これまで知らされていなかった日本軍の残虐な行為などが次々に国民の前に明らかにされ、不安な年月であった。南京大虐殺の事件もこのとき、国民に知らされたのである。判決が出たのは一九四八年十一月十二日。二年七カ月にわたる裁判だった。ラジオの中継放送で、裁判長が「デス　バイハング」（絞首刑）と判決を言い渡す声は今でも耳に残っている。

一九四八年十二月二三日、東條英機ら七名の絞首刑が執行された。国中が重苦しい雰囲気だったが、これで戦争についての責任追及は終わったんだという気分が広がった。東京裁判というのは戦勝国が敗戦国の首謀者たちを弾劾したのであって、日本人から見ての戦争責任追及ではなかった。それなのに、これで追及は終わったかのような錯覚が広まり、それ以後、戦争責任論は消えていった。これは日本という国にとって不幸なことであった。あれだけの死者が出た戦争の責任は、国民の前には遂に曖昧にされてしまったのである。

新憲法の誕生

敗戦の成果として唯一残ったのは、新憲法だった。最終的にはＧＨＱの承認を得て初めて成立したものであったが、日本側からの平和憲法案が提示されたのだった（この点については、古関彰一著『日本国憲法の誕生』〈岩波現代文庫〉に詳しい記述がある）。

戦争放棄をうたった平和憲法が成立したときは、本当に嬉しかった。これから平和ないい国をつくるんだという気概が全国に広がったと思う。勢いをもって人生を歩み始める若者のような気迫があった。官僚制度への反省から、官僚は国民に奉仕する公僕なのだということが強調された。「公僕」という言葉があちこちで聞かれた。だが、七十年経った今を見ると、またまた官僚支配が強くなってきてしまっている。そのことは東京電力福島第一原発の大事故への対応でもはっきりしていたし、復興の事業についても官僚の壁が立ちはだかっていることが報じられている。「公僕」という言葉自体が死語になってしまった。

戦争責任は曖昧なままにされ、官僚支配は復活してきた。敗戦という大事件から、何も学ばなかったことになる。東京電力福島第一原発の大事故についても、責任は追及されず、どこが悪かったのかという深い追及もなく、世間の関心が薄れたころを見計らって原発を再稼働しようとしている。日本の政治家や支配層、そしてマスメディアは、こうして日本という国に住むわたしたちの社会を徐々に、徐々に衰弱させているのではないかと危惧する。

国民生活が明るくなったが

暗い、短調の軍歌がなくなり、明るい歌がうたわれるようになった。小学校でも自由な気風が広がってきて、いろいろな活動が行われるようになった。町でも子ども会などが組織され、遊戯やスポーツも盛んに行われた。弟ふたりもそんな子ども会に入って、遊戯やお芝居を楽しんでいた。

学校で野球も復活し、野球好きの父は、小学校四年の征爾たちのチームの監督をしていた。対抗試合でも結構強くて、東京府の小学校対抗試合にまで出場した。小金井の野球場への遠征なので、ぼくも応援に行った。小学校なので七イニングなのだが、七回裏、ツーアウト満塁の場面で、ツーストライク、スリーボールになった。ここで一本打たれれば負ける。ボールなら押し出しで負ける。絶対に打者を打ち取らなければならない。ピッチャーの征爾は、両ひざに手をついてしばらくじっとして、それから速い球を投げた。見事にストライクで、打者は打てなかった。ぼくはこの場面を見て、「征爾はここぞというときに強い子だ」と思った。

勝負強さ、というのか、彼のこの特質は音楽をするようになってからも生きているようだ。征爾の恩師の斎藤秀雄先生は、「小澤には火事場のばか力がある」といっておられた。オーケストラという大所帯を指揮するときには、演奏中にあらゆる困難な状況が起きるのだそうで、それを瞬時に解決しなければならない。そのとき「火事場のばか力」はとても大事な能力であるということである。

父は完全に職を失ったので、故郷である山梨県の塩山に、友人と芋飴工場を作った。当時甘いものがなかったので、それに目をつけたのだろう。一斗函に入れた芋飴を、ぼくも運んできたことがある。しかしそれもすぐ廃業になり、次には友人とミシン製造会社を立ち上げた。「白百合ミシン」である。これは数年続いたが、資金繰りは大変だったようだ。国分寺に持っていた土地も手放した。

中学では、食糧増産のために、立川市周辺の荒れ地の開墾に動員された。ぼくたちに割り当てられたのは、隣町の国立市の荒れ地の開墾だった。一列に並んで、スコップで土を掘り返し、表面の雑草を土のなかに埋めるよう指示された。相当広い面積の荒れ地を開墾したのだが、あれは何に使われたのだろうか。労賃なしで開墾できて、誰かが甘い汁を吸ったのではないかと疑わしい。何もかも混乱の中だった。

町のアメリカ兵

立川の空軍基地はアメリカ軍に占領され、立川の町にもアメリカ兵が歩き回るようになった。あるとき、家の前で黒人のアメリカ兵が道路にうずくまって苦しそうにしていた。父と母に報告すると、父が出てきて、その兵隊の様子から、これはマラリアだろうといった。「おさまるまで家に入れてやれ」と父がいうので、ぼくと兄で、英語の単語だけ並べて意志を伝え、兵隊を抱えるようにして家に入れた。それから数時間休んで、兵隊は「サンキュウ」をくり返しながら帰っていった。これが、わが家にアメリカ人が来た最初である。もっとも、次にアメリカ人が来たのは、二十年も経ったのち、征爾を連れて来日した指揮者、バーンスタインだったのだが。

アメリカ兵による犯罪もあった。父が山梨の故郷からお米や食べ物をもらって帰って来たとき、暗い道路でアメリカ兵に囲まれ、腕時計を奪われたことがあった。こういう強盗事件はかなりあったが、警察に届けても警察は何もせず、つねに市民の泣き寝入りだった。

「火にのっければ食える」

父は戦争中から、富士山麓の山中湖畔に別荘を持っていた。北京在住のころはみんなで夏休みをそこで過ごしていた。敗戦後も数年間は維持していた。食糧不足の時代だったので、別荘の庭を開墾して作物が作れないかと考え、試してみたが、地面が火山灰なのでうまくできなかった。父の北京時代の若い同志である松尾清秀という人が、引き揚げてきても食っていけないので、父がうちの別荘で畑をやってはどうかと勧め、中学三年のぼくが案内して行った。男ふたりでなんとかして夕食を作ろうということになり、ぼくがまごまごしていると、松尾さんが小麦粉を溶いて、玉ねぎを刻んで入れ、そのままフライパンで焼きだした。ぼくがびっくりして見ていると、彼は、「なんでも火にのっければ食えるんだよ」といってすましている。結局、焼いた餅みたいなものを食べたのだが、夕食といえば母がそれらしいものを作ってくれて、そまつながらも夕食らしいものを食べるものだと思っていたぼくには、衝撃的だった。「とにかく焼いて食えばいいんだ」ということは、ぼくの人生をうんと広げてくれた。形式はどうでもいい、食えればいいんだ。中学三年のぼくにとって広い世界への一歩だった。松尾さんという人は、探検家で、戦前、戦中の蒙古を探検して歩いたのだそうだ。

この松尾さんはその後、富士重工の偉い人になった。征爾は初めて船で単身ヨーロッパへ行くとき、スクーターを持っていきたいと考え、松尾さんに相談した。松尾さんは社内でいろいろ苦労して「ラビットスクーター」を一台貸してくれることになったのである。

中学生活

中学ではいろいろな部活動が復活していった。ぼくの所属するグライダー部も復活した。一メーター滑空でもものすごく緊張して、空高く飛んだ気分だった。美術部には入らなかったが、担任の倉田三郎先生の影響を受けて、ずいぶん写生をした。ぼくは色弱なので色は苦手だったが、太い鉛筆で描いた。近所の諏訪神社に行っては、神殿、森、個々の木などを飽きずに描いた。先生はいつも、「上手に描く必要はない。自分が見た通りに描け」といわれた。しかし、画面の構図についてはいろいろアドバイスをしてくれた。そのように直すと、確かに画面がしっかりしてきたものだ。絵画における構図の重要性について初めて学んだ。このことは今でも、絵本を見るときの基本になっている。

絵を描く喜びには長くひたっていて、二年後、小田原の田舎に引っ越しても、松田山や酒匂川の松並木などを描いた。自画像も描いたのだがなくしてしまった。

倉田先生はその後、世界の美術教育連合会の会長にまでなって、ヨーロッパによく行かれていた。後年、先生が世界美術教育連合（ＩＮＳＥＡ）会長として日本で世界大会をすることになったとき、ぼくはもうドイツ語の教師になっていたので、先生の依頼で、英・独・仏語の通訳団を組織してお手伝いした。

晩年、先生は美術団体「春陽会」の重鎮といわれていた。

リヤカーでピアノを運んだ話

一九四五年（昭和二十年）の敗戦後、兄が自分の中学の音楽教師にピアノを習いはじめ、学校の音楽室で練習をして、レッスンを受けていた。そのうちに二番目の弟征爾にも習わせようと、学校へ連れていくようになった。

弟はピアノを習うのが楽しかったらしく、長兄についていっては、長兄から教則本バイエルの手ほどきを受けていた。兄の話では、上達がはやいということだった。ぼくと兄の間では、うちにピアノがあるといいのに、ということがよく話題になった。夢として話しあっていたのだ。

それがいつのまにか父の耳に入ったのだろう。ある日、父が「ピアノを買おう」といいだした。兄とぼくはびっくりした。お金はどうするんだろう、と。

ピアノは横浜の親戚から譲ってもらうことに、父が話をまとめたとのことだった。そしてお金は、なんと父が、愛用のライカを売ってつくるというのである。

父は北京在住のころから、ドイツのカメラの名作「ライカ」を愛用していた。超多忙の父が、ライカを手に入れてからは、しばしば、ぼくら子どもたちを撮っていた。特に三男の征爾を撮った、とてもいい作品が印象に残っている。

そのライカを売ることにした、と父がいったのである。そしてある日、買い手が来て、客間で父と話をしていたのをよくおぼえている。きっと値段を決めていたのだろう。

後から考えると、この時期は、わが家が貧乏時代へと坂をころがり落ちはじめた時期だった。父は北京時代にはある程度羽振りがよかったのだが、一九四三年（昭和十八年）にすべての財産を捨てて帰国した。そして一九四五年には敗戦を迎え、職を失った父は、わずかにあった日本の財産を切り売りしたり、慣れない商売を始めて失敗したりで、このころから貧乏へ向かいはじめていた。

竹の子の皮を一枚ずつはぐように売る、いわゆる竹の子生活の始まりだった。

とにかくピアノを買うことが決まった。それをどうやって運ぶか。兄とぼくはなんのためらいも不安もなく、リヤカーを借りて自分たちで運ぼうと考えた。兄とぼくの通っていた府立二中（今の立川高校）の守衛さんに兄がたのみこんで、リヤカーを借りることになった。今から考えるとのんきな話である。守衛さんは、ピアノを運んだらリヤカーがこわれるかもしれないなんて心配しなかったのだから。

とにかく、横浜の白楽駅近くの親戚の家まで、兄とリヤカーを引っ張っていった。立川を出発して府中まで甲州街道を歩き、そこから府中街道をまっすぐ武蔵小杉まで行き、綱島街道に入って横浜へ向かっていった。今、地図で見ると、全行程約四五キロメートルである。

兄とふたりで、交代に空リヤカーを引いて歩いた。アメリカ兵が進駐してきた直後だから、途中の踏切には、「止まれ　STOP　見よ　LOOK」と、日本語と英語で注意標識が立っていた。ぼくがそのたびに「トマレストップ　ミヨルック」と、リズムをつけて読むと、兄が腹をかかえて笑ったりして、楽しい徒歩旅行だった。

ぼくは中学四年生（今の高一）だった。その日は白楽の家までリヤカーを届け、預かってもらって、ぼくらは電車で立川へ戻った。翌朝は早く出発して、白楽へ向った。いよいよピアノを運ぶ日である。ピアノは家の応接間に置いてあった。兄とぼくは、ピアノにたすきをかけ、それを自分の肩にかけ、ふたりで運んだ。アップライトピアノの重さは約一五〇キログラムあるそうだ。玄関のたたきに降り、そこからさらに数段降りて道路にあるリヤカーまで運ぶのは、かなり大変だったことをおぼえている。

しかし、ふたりで運べないとは全然思わなかった。今思えば、高一と高三の少年がふたりだけでピアノを担ぎおろすこと自体、とても無理なことである。それなのに、当り前のように担ぎおろしてしまったのは、前に書いたように、戦争中にぼくが火薬担ぎの体験をしていたからだと思う。

重いものを担ぐときのコツ

重いものを担ぐときの必須の条件は、まず足にしっかりした靴をはいていることである。サンダルとか、かかとの高い靴は絶対にいけない。そして次に大切なことは背中をまっすぐ立てていることである。かがんだ姿勢だと背骨は耐えられない。背骨に垂直に重さがかかるようにしなければならない。そして、両脚をふんばって、腰をまんなかにおとす。お相撲さんが相手を押し出すときの、あの姿勢である。一五〇キログラムのピアノを持ち上げるとき、ぼくはピアノにたすきをかけ、そのたすきを自分の肩にかけて、この姿勢をとった。

とにかく火薬の重い木箱を担ぐ体験があったので、そのころのぼくにとっては、重いから持てないというものはなかったのである。兄も剣道二段、柔道も強いという生徒だったから、体力には自信があった。それで、ふたりでピアノを運ぼうなんていうことを平気で計画したのだと思う。

そのころの道はどこも舗装されていなくて、石がごろごろころがっているでこぼこ道だった。そんな道をよくもリヤカーで、あの重いピアノを運んだものだと、今では自分でも不思議に思う。当然のことながらリヤカーが傾きかけてピアノが倒れそうになり、必死で押えたことが何度もあった。

兄とぼくが交代でリヤカーを引いたおぼえがある。何時間かかったのかおぼえていないが、東横線の武蔵小杉まで来て府中街道に入った。道は同じように石がごろごろしている、でこぼこ道である。今の日本では、もうどこへ行っても見られないような道で、踏切のたびに、「トマレストップ　ミヨルック」があり、ふたりで大笑いしながら踏切を渡った。

危うく谷底へ

小杉からまっすぐ府中街道を来て、登戸に至った。今、ぼくの昔ばなし研究所のある町である。そこに南武寮という若者の寮があり、従兄が住んでいたので、その日はリヤカーごと、ピアノを庭に預けた。そして兄とぼくは南武線で立川の家へ戻り、翌朝、また早く起きて電車で登戸に行き、リヤカーを引きはじめた。その日は谷保まで運んで、谷保の知り合いの農家の庭に預かってもらい、ぼくらは電車で立川の家へ戻った。

翌日は最後の行程である。父も一緒に来てくれて、三人でリヤカーを引いた。途中に少し山道になっているところがあり、登りには苦労した。何しろ一五〇キログラムもあるものを乗せて、リヤカーででこぼこ道を登っていくのだから。ぼくはロープをリヤカーに結びつけて、先頭で引っ張った。やっと頂上まで到達すると、その先は下り坂なので楽になった。ところがそれが危険だったのだ。リヤカーは次第に勢いがついて、走りはじめてしまった。その先にカーブがあった。そのときには兄がリヤカーの把手をにぎって引いており、ぼくは先頭でロープを引っ張っていたのだが、下り坂になったらロープは何の役にも立たない。ぼくがうろうろしていると父がリヤカーのうしろで、足をふんばってブレーキをかけていた。それを見てぼくは、ブレーキのかけ方がわかってうしろにまわり、父と一緒に足をふんばった。そのうちにリヤカーはやっと停止した。停止したとき、目の前に道路はほとんどなかった。それから後は、うしろから引っ張るのを主として、坂道をゆっくり下った。

あのとき、もし父がふんばってくれなければ、ぼくらはリヤカーもろとも谷底へ転落したことだろう。父はのちのちまで、「あのときのことを思い出すと、ゾーッとする」といっていた。

あの山道と谷がどこだったのか、今の府中街道を車で走ってみてもわからない。多分、あれからのちに、道路が平地をまっすぐに走るように改められたのだろう。

立川の家に着いたころは、もううす暗くなっていた。道路に置いたリヤカーから、兄とふたりで、玄関の間までピアノを担ぎ上げた。ふたりの弟も出てきた。そのころ、弟征爾は小学校五年生、末弟幹雄は三年生だった。

ピアノを玄関の間にすえると、征爾が椅子に腰かけて、まずいくつかの和音をならした。そして、「きれいだねー」といったことを、ぼくは鮮明におぼえている。ぼくにも和音がとてもとても美しく聞こえた。ピアノが来た喜びが家中にひろがった。このときからわが家での音楽が本格的に始まったのである。兄と征爾が音楽を勉強したのはこのピアノだった。征爾が外国で仕事をするようになっても、わが家ではこのピアノは大事に母の家に置いておいた。今では征爾の事務所で保存している。

金田村へ移住

立川を去って金田村へ

父は山梨県西八代郡高田村の農家の息子で、農業に強い愛着をもっていた。特に敗戦後は、「日本はこれから農業立国しなければならない」といっていた。そして、いつの間にか、小田原近郊の金田村の農家を買い取る話をまとめてきてしまった。いつもの父のやり方なのだそうだが、母には何も相談しないで、ある日突然、母に告げたそうである。農家の持ち主は小田原の友人で、開業医だということだった。

母もぼくらも、下見なぞ一切なしで、いきなり引っ越していった。着いてみたらそこは静かな農村で、立川市とはまったく違う環境だった。農家というのは、人の住んでいない、廃屋のような藁ぶき屋根の農家だった。母は、「これはとんでもないところへ来てしまったと思った」と、のちに回顧していた。

一九四七年（昭和二十二年）弟たちは金田村立金田小学校に編入学し、ぼくは旧制神奈川県立小田原中学の五年生に編入学した。中学は小田原駅近くの山の上にあり、ぼくは小田急線で新松田から通った。金田村は酒匂川に沿ってあり、その土手には二宮金次郎が植えたという松並木が延々と続いていた。

編入した五年生のクラスは明るい感じの雰囲気で、担任は「くまさん」だった。ほんとの名前はそのころも知らなかった。生物学の先生で、話はとても人間くさくておもしろかった。ドイツのヘッケルという人の「個体発生は系統発生をくり返す」という言葉を教わった。こういう考え方はまったく知らなかったのでこれは衝撃的だった。今でも考えさせられる。

国語の先生は芭蕉のことを事細かにしゃべった。あまりに細かすぎて退屈だった。それに声が鼻にかかったようでいて、つぶれたような声だったので、ぼくには苦痛な時間だった。日本文学も好きでなくなってしまった。

英語の先生は、英語を耳で聞くことを重視して、英語の文を読み聞かせてから、聞き取れた者に挙手させた。ぼくは聞き取るのはなぜか得意だったので、つねに真っ先に挙手した。耳で聞く能力はそのころからもっていたのかもしれない。

小田原中学（二年目には学制が変わって小田原高校の一期生になったのだが）での最大の経験は音楽だった。うちでは征爾が毎日ピアノの練習をしていたし、中学での音楽の先生が、松尾先生というチェロ弾きで、根っからの音楽家だった。音楽の時間は、授業というより音楽を楽しむ時間で、コーラスをしたり、誰かのピアノを聞いたり、レコードを聞いたりという楽しい時間だった。音楽学校を目指している小泉治雄という同級生がいて、男声合唱団を作って指揮してくれた。それが、混声合唱団へと発展していった。

わが家での音楽の始まり

当時、神奈川県の公立中学は男女別学で、新制度になってもそのまま別学の高校になった。ぼくたちの音楽部は男声合唱をしていた。そのうちに、混声合唱をしようということになり、音楽の松尾先生に、女子高の合唱団と合同練習をしたいと申し出た。松尾先生は根っからの音楽好きで、すぐ市立女子高校と小田原城内にある県立城内女子高校の音楽の先生に話を持ちかけてくれた。女子高のほうでは職員会議にかけたりして気をもんだようだが、案外早く実現した。このとき、市立女子高の先生は伊藤先生という若いピアニストで、県立女子高の音楽の先生は佐倉先生だった。おふたりとも、若者が音楽することに対してはっきりした理解をもっていたことが幸せだった。伊藤先生は度々ぼくらにピアノ演奏を聞かせてくれた。ベートーヴェンの「アパショナータ」は特に忘れられない。なまのピアノの迫力にぼくらはいつも震える思いだった。

練習場は城内女子高校と決まり、月一度の練習日には、われわれ男子校の生徒は、山を下って張り切って女子高に乗り込んだものだ。指揮者は、われわれの仲間で、音楽学校を目指していた小泉治雄になった。シューマンの「流浪の民」、ベートーヴェンの「御空は語る神の栄光」など、感動しながら歌った。「流浪の民」でぼくはバリトンのソロを歌った。ピアノ伴奏は、やはり音楽学校のピアノ科を目指していた竹内孝治が受け持った。合唱団は「シグナス合唱団」と名乗るようになった。シグナスとは白鳥のことである。そして、定期演奏会を開いたり、県内の高校合同音楽祭に出演したりした。

合唱することの喜びを知ったのはこの時代だった。小田原から箱根登山電車に乗ると簡単に箱根温泉にも芦の湖にも行けたので、学校の帰りに温泉につかりに行き、その道中で歌ったりした。あるいは「シグナス合唱団」の有志で山中湖で合宿して歌ったりもした。楽器なしでどこでも音楽できるし、きれいなハーモニーを作れるので、ぼくらは合唱にはまり込んでいった。

合唱の喜びは忘れられず、その後、茨城大学に進んでからも合唱団を作り、東北大学に移っては男声合唱団で歌い、大学院を出て東北薬科大学のドイツ語専任講師になっては混声合唱団を作り、非常勤でドイツ語を教えた東北大学教養部でも混声合唱団を作った。挙げくの果てに、一九七一年（昭和四十六年）、ドイツ・マールブルク大学の客員教授として昔話の比較研究を講義することになったときには、マールブルク・バッハ合唱団に正式入団して、二年間歌ってきた。そして、この二十数年来、昔ばなし大学の受講者を連れて「グリム童話研修の旅」をしているのだが、この旅では四曲の合唱をする。到着の翌日にドイツの森の中で練習をして、その後は行く先さきで歌う。ゴシック様式の教会は響きがいいので、特にお気に入りの場所である。

小田原時代、ぼくたちは楽譜を読むことが面白くなり、楽譜読み競争をしたものだ。「コールユーブンゲン」の中のむずかしい楽譜を競って読んで歌っていった。このときの経験が、二十年以上も後になって、ドイツのマールブルク・バッハ合唱団で初めてバッハの「マタイ受難曲」を歌ったとき、ピアノなしで譜面を読むことに役立った。

そのころぼくは作曲もおもしろくなって、いくつかの歌曲を作曲した。石川啄木の「東海の小島の磯の白砂にわれ泣きぬれて蟹とたわむる」を歌曲にしたものはかなりいい評価をもらい、合同音楽祭で自分の独唱で発表したことがある。

こうしてわが家での音楽度はどんどん上がっていった。兄は諸井三郎先生について、作曲の勉強をしていたが、レッスンから帰ってくると、その日習ってきたことをぼくに教えるのだった。あれは復習のつもりだったのか、ぼくに音楽の素養を付けさせようとしていたのか。ぼくは半分うるさいなあ、という気持ちだったが、半分は面白く習った。今になって考えてみると、音楽理論の基礎をかなり教わっていたことがわかり、ありがたいことだったのだと思う。また、クラッシック音楽のいろいろな曲の構造などを分析することも教わった。諸井三郎先生から間接的に教えを受けていたことになる。

征爾は小田原の石黒先生という人にピアノを教わっていたが、やがて豊増昇という、当時バッハ演奏家として高名だったピアニストに教えを受けるようになった。征爾がのちに述懐したところでは、豊増先生は、バッハの音楽の構造とか音楽の流れを把握することを教えてくれたので、のちの彼の音楽修業にとってとても貴重だったとのことである。征爾は、豊増先生については、二〇一六年になって、『ピアノの巨人豊増昇』（小澤征爾・幹雄編著　小澤昔ばなし研究所）という本を書いて、その業績を改めて世に示した。

男声四重唱

わが家は兄弟四人なので、よく男声四重唱をした。曲は讃美歌やシグナス合唱団で歌った簡単な曲だったが、和音で歌うことに慣れていった。この男声四重唱は大人になっても、折にふれて続けた。

母はクリスチャンだったので、うちではよく讃美歌を五人で歌った。母がメロディーを歌い、ぼくらが男声で和音をつけた。わが家では、歌を歌うときは和音で歌うことがならわしになっていった。このことがのちに、征爾が成城学園に入ってから、「讃美歌グループ」で歌い、指揮することにつながっていったと思う。

今、ぼくは昔話の研究をしているのだが、耳で聞かれてきた昔話は、実は、やはり耳で聞かれる音楽と似た性質があることを発見している。そのことは、一九九九年（平成十一年）になって『昔話の語法』（福音館書店）という理論書を書いたときまとめて発表した。また、国際口承文芸学会のドイツ大会でも発表し、大きな反響をよんだ。その基礎は兄から教わった音楽理論だった。そして当時、兄と弟が毎日何時間もピアノを弾いていたので、音を耳で聴くことに敏感になっていたことも役立っていると思う。

シグナス合唱団は結成一年後、指揮者小泉治雄とピアニスト竹内孝治が東京芸術大学を受験する時期になり、それぞれ引退した。そのとき、ぼくの兄、克己が、音楽を勉強しているということから、指揮者に迎えられた。中学生の征爾が、兄に頼まれてピアノ伴奏をした。ハイドンの「天地創造」など、演奏会にも出演した。征爾が人前で大きな集団と合奏した最初の体験だった。

金田村での生活

引越先の住まいは、藁ぶき屋根の古い農家だった。南面は縁側で、その右端に引き戸の入り口があった。入ると土間で、右奥に備え付けのかまどが二つあった。左の上がりかまちを上がると、畳の部屋に囲炉裏があった。典型的な農家の構造だった。水道はあったが、庭には掘抜き井戸があった。風呂は五右衛門風呂だった。屋根裏に青大将がいるのを母は発見していたが、子どもたちにいったらこわがるだろうと思って、ぼくらにはいわなかったと、ずっと後になって明かしてくれた。

畑も、田んぼも作った。主として母が近所のお百姓さんたちに助けられながらやっていたが、ぼくらもかなり手伝った。田植えもした。田植えの前に、れんげの種を田んぼに撒くので、田んぼは一面のれんげ原になってきれいだった。花の好きな母は喜んで、お弁当を作って、ぼくらを連れて、わざわざれんげ畑へ行って、お弁当をひろげて食べたりした。田植えのあとは田の水を見に行くのだが、そのときには弟たちも連れていった。夕闇のなか、あたりの田んぼの様子や水の流れを見ながら、今日一日にあったことをしゃべりあって、うちの田んぼまで行ったのは楽しい思い出になった。田の草取りは大変だった。ぼくは高校生なので、お百姓さんたちに交じって稲刈りもした。その後の脱穀から精米までのプロセスは、大変というより面白かった。もみ殻と米粒を分離させるところは、手回しの風車で風を起こして分離するので、弟たちも遊び半分に楽しんで手伝っていた。

落とし便所から肥しをくみ上げて堆肥を作った。それを畑に運ぶのは天秤棒の両端に肥し樽を下げて担いでいくのだが、ある日、ぼくらが学校へ行っていて留守の間に母が担いだそうだ。すると近所のお百姓さんが、「それは女のする仕事じゃねえ」といって担いでくれたそうだ。ぼくは、母に悪いことをしたと思った。

鶏の命をもらった

うちでは鶏を飼っていた。あるときお客さんが来ることになって、母が鶏を一羽つぶしてご馳走しようといった。鶏をつぶすところは母がやってくれた。ぼくはその後、熱湯をかけて羽をむしるところを受け持った。夕食に、母の料理に鶏肉が入っていた。それを見たとき、「あ、ぼくはあの鶏の命をもらったな」ということを実感した。「さっきまで庭さきを走り回っていたあの鶏をぼくらは食べたんだ」。この思いは忘れられない。今、昔話の残酷性について考えるときにも、人間の命は、他の生物の命をもらって成り立っているんだということを大前提にして考えている。

小田原近辺は温暖なところなので、柑橘類が豊富だった。あるとき、征爾のクラス担任の先生が、山北の実家に子どもたちを連れて行ってくれた。そして、みかんを食べ放題食べさせてくれたそうで、弟たちは大満足で帰って来た。見ると、両手が真黄色になっていた。

母の質屋通い

父は小田原で友人と「白百合ミシン」という会社を立ち上げ、ミシンを作って販売していた。なぜミシン作りの仕事になったのか、その経緯は一度も聞いたことがない。それでもある程度は商売になっていたようだ。昔の知人に買ってもらった部分もかなりあったようで、ぼくは、鎌倉の小林秀雄宅までミシンの部品を担いでいったことがある。一度目はご本人が出てきた。二度目にはお嬢さんだろうか、若い女性が出てきたことをおぼえている。

お米はある程度作ることができたが、規定に従って供出させられたので、完全自給ではなかったように思う。父の収入は少なかったのだろう、わが家はだんだん困窮していった。母は時々昔の着物を持って、松田町の質屋へ行った。人目をはばかって夕暮れになってから行くので、ぼくは心配でついて行った。店の外で、母が出てくるのをじっと待っている時間はとても長かった。母の話では、着物は、昔、北京時代に買ったものなので、品質がよくて、かなりいい値で金を借りられたとのことだった。しかし、質屋から買い戻したものはない。

うちは金田村の入り口の角にあったので、庭さきの畑の隅に「道祖神」と書かれた小さな石塔が立っていた。このあたりの道祖神は人像ではなく、文字が書いてある石塔だった。普段は誰も振り返るものはなかったが、一月十五日、小正月になると道祖神の脇にわら小屋が作られ、子どもたちが籠って飲み食いをしたり、遊んだりしたものだ。弟たちも仲間に入って、小太鼓を叩いたりしていた。みんなで村中を回って、お小遣いや食べ物をねだったりもした。これは、それに慣れていない弟たちには気にいらなかったようだ。民間信仰のほうから見ると、子どもは神に近い存在と考えられていたので、神の来訪の名残なのだろうが。

ぼくは県立小田原中学の最後の学年として五年生までいて、そのまま新学制に移行し、新制小田原高等学校の一期生として、三年生になった。そのころからそれぞれ受験準備に入り、シグナス合唱団の指揮者小泉もピアニスト竹内も芸大への受験準備のため、合唱団を退いた。その後任に、兄克己、弟征爾がついたことは先述した。

母の決断

征爾が金田村小学校に一年いて六年生を終えると、母はどこか東京の自由な雰囲気のある中学へ入れたいと考えたようだ。ある日、母はぼくを連れて玉川学園へ行った。ぼくは征爾より五歳年長なので、母は下のふたりのことについては、何かとぼくを相談相手にしていた。

玉川学園では、母が、「こちらでは、中学終了後、よその高校へ進むことを認めますか」と尋ねた。すると、「本校は一貫教育を目指しているので、それは歓迎ではありません」という返事だった。次に成城学園へ行った。母が同じことをきくと、「それは本人次第です」とのこと。母とぼくは即座に決めた。このとき、母にもぼくらにも、征爾は音楽へ進むのではないかという予感があったので、こんな質問になったのだった。

小田急線新松田から成城学園までは遠い。当時、一時間半以上かかったと思う。朝は明けきらぬうちに家を出る。しかし征爾は中学がとても楽しかったようで、母が道祖神のところまで見送りに行くと、いつまでも振り返って手を振っていたと、母はよく話してくれた。

征爾より二年後、弟の幹雄も成城学園中学に入学し、ふたりで小田急線で長距離通学をした。朝早くいつも同じ電車に乗るので、大人の乗客とも顔見知りができて、結構楽しい通学のようだった。

第三部　学び始めたころ

茨城大学

茨城大学文理学部時代

一九四九年（昭和二十四年）、新制小田原高校を卒業したぼくは、茨城大学文理学部に入学した。文理学部長は関泰祐という高名なドイツ文学者だった。岩波文庫に収められているテオドール・シュトルムの『みずうみ』の翻訳は特に有名で、今でも文庫に存在する。入学してすぐ、文理学部長の特別講演会があった。「ドイツの古典主義文学」。その講演で初めて、落ち着いた精神の作り出す美ということを知った。均整の取れた美。それは疾風怒濤のはげしい情念が生み出す美に対置される、人間のもう一つの極にある美ということだった。ぼくはとても感銘を受けたことをおぼえている。

ぼくは高校時代、大学に入ったらドイツ語をちゃんと勉強しようと思っていた。というのは、ぼくは文学少年で、詩を書いたり、小説を読みふけっていたからだ。特にドイツの作家の作品を好んだ。ゲーテ、シラー、トーマス・マン、ヘルマン・ヘッセ、ハンス・カロッサなどなど。一方、母がクリスチャンで、ぼくも日曜学校、教会で育ったから、キリスト教のことはまじめに考えてきた。そのころ、赤岩栄という牧師がいて、社会主義的キリスト教を説いていたので、ぼくは彼に強く惹かれていた。それで、キリスト教神学を専攻しようかとも考えていた。そして、もう一つは音楽だった。当時、まだ翻訳は多くなかったが、それでも、アルバート・シュヴァイツァーの『水と原生林のはざまで』とか『わが生活と思想より』などが翻訳で読めた。彼の大作『バッハ』も部分的に翻訳されていた。ぼくは、兄と弟が音楽をしているので、演奏家になろうとは思わなかったが、音楽の研究はしたいと思っていた。

ドイツ文学、キリスト教、音楽。この三つとも、ドイツ語が基礎であることに気づいた。それで、大学に入ったらドイツ語をしっかり勉強しようと考えていたのだった。

朝倉季雄先生のフランス語

ドイツ語の文法は西田先生。読本は関楠生先生。関楠生先生はのちにドイツの児童文学作品を多数翻訳した方である。また、トーマス・マンの『ファウスト博士』の翻訳者として知られている。ぼくは同時にフランス語も始めた。フランス語は朝倉季雄先生。この方はフランス語学の専門家で、大修館から『スタンダード仏和辞典』を出す準備をしておられた。授業がとてもシステマティックでわかりやすかった。特に接続法の説明は明快で、ぼくはのちにドイツ語の教師になったとき、朝倉先生の教授法をドイツ語に応用したものだ。文法が終わってからの読み物の授業もすばらしかった。アルフレッド・ド・ヴィニーという詩人の日記は、フランス革命さなかのパリの日常生活のなかで書かれたもので、銃声が聞こえたりする生々しいものだった。先生はそれを、文法的な説明が終わると訳しながら読んでくださるので、学生のほうはそれに聞き惚れてしまった。先生の声は今でもぼくの耳のなかで聞こえてくる。

ぼくは貧乏学生だったので、いろいろなアルバイトをしたが、朝倉先生の大修館『スタンダード仏和辞典』の基礎の仕事もさせていただいた。それは、辞書に採用すべき単語をそろえるために、コンサイスフランス語辞典の単語をすべて、一枚ずつのカードに書き取ることだった。これは確実にお金がもらえるのでとてもありがたかった。毎週一度、書きためたカードを持って先生のお宅に伺った。すると、縁側にルーズリーフが山と積み上げられていた。それは、当時先生が精魂を傾けて書いておられた『フランス文法辞典』の原稿だったのだ。先生は、「こんなもの本になるかどうかわからないけどね」といっておられたが、それから約十年後、白水社から大冊の辞典として出版され、名著と謳われている。

「グリム童話は昔話だからな」

ドイツ語の初級文法が終わると、西田先生はフォルクマン・レアンダーの「不思議なオルガン」を教材に使われ、関先生はグリム童話を使われた。両方とも同じドイツのメルヒェンなのに、ぼくにはなんとなく雰囲気が違うように感じられた。そこでグリム童話を使ってくださる関先生に、「どうして違うんですか」と質問したことがある。すると先生はこともなげに、「ああ、グリム童話は昔話だからな」とおっしゃった。先生にとっては常識だったのだろうが、ぼくはてっきりグリムという人の創作のメルヒェンだと思っていたので驚いた。そして、昔話ならその民族の集合的な考え方が読み取れるかもしれないと思い、興味をもった。そこで、大学の図書館からドイツのレクラム文庫の『グリム童話集』を借りてきて、字引を引き引きほとんど全部読んでみた。すると俄然おもしろくなったのだ。四一番「コルベスさん」は日本の「さるかに合戦」とそっくりだし、一九三番「太鼓たたき」は間違いなく日本の「羽衣」と同じモティーフを持っていた。「これはどういうことだろう」。ぼくは卒論にはグリム童話をやろうと決めた。その後日本の昔話にも踏み込んだのだが、大学二年のとき、ぼくの一生のテーマは決まったのだった。

何も持たない講義

幸いなことに、ぼくはいくつもの興味ある授業を聞くことができた。倫理学の梅本克己教授は、当時「赤い哲学者」として注目されていたし、図書館には彼の著作がいくつもならんでいて、ゆっくり読むことができた。先生は何も持たずにぷらりと教室に入ってくる。そして、「今日はソクラテスの弁証法の話をしよう」とかいって、ふつうに話し始める。内容は難しいことなんだろうけれど、ふつうの言葉でふつうにしゃべってくれるので、なんとなくわかって聞いた。学問の内容を完全に理解している学者はこんなふうに話せるのだなと、深く感銘を受けた。しかし、数年後、アメリカからの圧力で日本でもレッドパージがひどくなり、梅本先生は大学から追放されたと聞く。

貧乏学生の生活

前にも書いたとおり、わが家が一番貧乏なときに、ぼくは家を離れて大学に進んだ。そのときもらっていったお金は、入学金、授業料、教科書、寮費を払ったらほとんどなくなった。食事は寮で食べられたが、それ以外は極力節約しなければならなかった。そして、すぐに稼ぐことを始めた。一番手っ取り早いのは、寮の喫茶室の皿洗いだった。喫茶室といってもただの部屋に台所がついているようなものだが、夕食の後の寮生たちの団らんの場だった。そのころはまだ、食料は一定の量しか配給されず、やっとコッペパンが自由販売になっただけだった。そこでの皿洗いである。ぼくはドイツ語とフランス語を習い始めたばかりで、基礎的な動詞の人称変化を暗記しなければならなかった。そこで、小さなカードに変化表を書いておいて、台所で手が空いたときに必死になっておぼえたものだ。ぼくが部屋で落ち着いて勉強できたのは、寮生たちが喫茶室でしゃべり疲れて部屋へ引き上げてからだった。

大学の敷地に隣接した小さなガリ版印刷屋にも雇ってもらった。雇ってもらったといってもまず技術を習得しなければならないので、鉄筆できれいな字を書くことと、謄写版で印刷する技術を仕込まれた。字はうまくならなかったが、印刷はどんどん腕を上げた。今はもう消えてしまった印刷法だが、薄い蝋の原紙を鉄板の上に置いて鉄筆で字を書く。その原紙をローラーでこすって印刷するのである。原紙は極めて薄いので、ローラーに力を入れるとすぐに破れてしまう。インキを適当な濃さに薄めて、ローラーで軽くこする。師匠は一枚の原紙で数百枚印刷できたが、ぼくもこの技術の習得は早くて、結構仕事になった。

選挙のアルバイトも報酬がいいので、好んでした。そのころの選挙はのんびりしていて、アルバイト学生も選挙演説まがいのことをしゃべらされた。しかし、車が田んぼ道を走っているときには聞いている人がいないので黙っている。そのすきにぼくは、ポケットから動詞の変化表を出しておぼえたものだ。短い時間を盗んでおぼえようとすると、ちゃんとおぼえられるものだと思った。

焼き芋屋

焼き芋屋もやった。そのころはまだ甘いものが少ないので、焼き芋は人気があった。ぼくもおなかがすくとよく焼き芋屋へ行って食べた。そのうちに、焼き芋屋のおばさんが、ぼくの貧乏ぶりが気になったのか、「あんた、リヤカーで焼き芋売らないかい」といってくれた。ぼくは早速、おばさんから焼き芋を仕入れて、リヤカーで「焼きいもー、焼きいもー」と呼ばわりながら町を売り歩いた。

そのうちに知恵がついて、寮の部屋を売って回ることに気がついた。特に試験の時期にはみんな部屋で勉強しているので、よく売れたものだ。

波が打ち寄せるような音楽

そのころ、母がぼくの経済状態を心配して、自分が行商している衣類を、ぼくにも行商するようにと送ってくれたことがある。品物は、当時まだ流行しはじめたばかりのスフの肌着などだった。ぼくはずいぶん歩き回ったけれど、期待するほどは売れなかった。ある日の夕方、売れ残った品物を背負って、少し気落ちして寮へ向かって歩いていた。ある家の生け垣の脇を通ったとき、生け垣を通して音楽が聞こえてきた。オーケストラの演奏で、なんだか海の波がくり返しくり返し押し寄せてくるような感じで、心にしみこんできた。ぼくは長いことそこに立ち尽くして聞き入った。

そのときは謎のまま終わったが、その曲は忘れられなかった。それから数年後、ぼくは東北大学の大学院に進んでいたのだが、少しお金に余裕ができてきたので、友人たちがよく行っている音楽喫茶なるところへ初めて行ってみた。すると、なんとあの波のような曲が流れていた。ぼくは、驚いて店の入り口のプログラムをのぞいてみた。するとその曲は、モーツァルトの交響曲第四十番の第二楽章だったのだ。果てしなく波が打ちよせてきて、心をえぐるようなあの曲は、あまり売れ行きのよくなかった行商の少し悲しい気分と、今でも結びついている。

初めての寮生活

一九四九年（昭和二十四年）の茨城大学は、旧日本軍の兵舎を少し手入れした程度の、バラックが並んでいる校舎だった。それでも学生寮は清潔に住める建物だった。部屋は四人部屋で、ぼくの同室者は、三人とも栃木県出身で工学部の学生だった。

ぼくは親兄弟と六人家族で暮らしてきたので、他人と同じ部屋で暮らすのはとても苦痛だった。生活のリズムも仕方も違うし、狭い部屋で三人が大声でしゃべり合うのも苦痛だった。その上、ぼくには耳慣れない栃木の言葉がいちいち気になって、ぼくは相当に拒否的になってしまった。洗面所、トイレは共同で、これもぼくには苦痛だった。

一方、教室では親しい友だちができた。そのうちに、寮でも、他の部屋の友だちと付き合うようになり、狭い四人部屋の息詰まる雰囲気からだんだんに抜け出した。

二年目になると部屋の住人が変わり、一年生が三人入ってきた。陽気な連中で、たちまち陽気な部屋になった。そしてぼくの気持ちも溶けていった。やがて、新年度の寮の自治会の選挙があった。ぼくは寮や教室で親しくなった友人たちに混じって委員に立候補し、当選した。そのころには茨城の言葉をはじめ、各地のいろいろななまりの言葉が、耳におもしろく聞こえるようになっていた。

委員長は粟冠良平という工学部の学生で、落ち着いた、配慮の行き届いた男だった。文学部の学生としては菊池哲彦という、心理学を目指している男がいた。彼はのちに母校の文理学部長になった。

新制茨城大学には、旧制水戸高校から横滑りで入学してきた学生もいた。彼らは、水戸高校の学風を保持しようと団結していた。寮はアパートではない、全寮生が心の扉を開放して、全人的な付き合いをすべきである、と彼らはことあるごとに強調していた。

ある者に親元から差し入れが届くと、彼は廊下で、「エッセンあるぞー」と叫ぶ。エッセンとはドイツ語で、食べるとか、食べ物という意味である。するとあちこちの部屋から、「おーっ」と合いの手の声があがって、たちまち数人の食い手が現れ、みんなで和やかに平らげるという具合だった。

ぼくもこの気風にだんだん慣れていった。いい友だちに導かれてのことだった。慣れてしまうと楽なもので、いつもどこかでエッセンにありついたし、自分が持っていないものは何でも、どこかで調達できた。

共同の洗面所も便利に感じるようになった。つまり、歯磨きがなくなれば、その辺に置いてある誰かの歯磨きを使えばいいし、髭剃りも、つねに何か置いてあった。そのころになると、寮ってなんと便利な住み心地のいいところだろうと、寮生活讃美者になっていた。

今思うと、若者にとってこのプロセスはとてもいいことだと思う。親に守られた家庭という狭い社会から、一個人として社会に出ていくプロセスだったのだ。家庭という殻を落として、自分がひとりで世の中に立ち向かう第一歩だったのだ。そして、今のぼくの言葉でいえば、「こわがることを習いにでかけた」のだった。

『グリム童話集』第四番に「こわがることを習いにでかけた若者の話」という話がある。内容は笑い話なのだが、ぼくは好きな話だ。考えてみると、若者が世に出ていくとき、誰でも「こわがることを習いにいく」のではないだろうか。親や兄弟、友だち、先生などに守られていた世界から、知らない世界へ出ていくとき、誰しも「こわがることを習いに」いくのだと思う。新しい学校に入るとき、新しい職場に入るとき、少し不安がありながらも、それを突破していく。でかけてみれば、そこはとても住み心地のいい若者同士の世界だった。この脱皮作業は、人生のいろいろな段階で必要なのではあるまいか。

肉が食べたい

寮の賄さんたちは親切な人たちで、われわれ寮生とも親しかった。けれども、日本全体が貧しい時代のことで、料理に肉はほとんど出てこない。みんな肉料理に憧れて、金のある者は外で食べていたようだが、ぼくは貧乏だったのでそんなことはできなかった。ある日の夕方、焼き芋売りを終えて、おばさんからその日のバイト代をもらって帰る途中、肉屋の前を通りかかった。突然無性に肉が食べたくなって店の前に立ち止まり、しばらく肉を見ていた。そしてどうしても買いたくなって、お店に入っていき、「この肉、十匁目（約三十七・五グラム）ください」といってしまった。お店の人は、「え、十匁目？」といってぼくを見直した。「ええ、十匁目」。するとお店の人は肉を一切れ、丁寧に薄く切ってくれた。ぼくは急いで寮に帰り、コンロで煮て食べた。とてももとても満足だった。

寮生はみんな肉に飢えていた。そのころ、一匹の野良犬が毎日のように寮に現れていた。犬好きの者は適当に戯れていた。ある日、ぼくの部屋の一年生たちが、「小澤さん、あの犬やっちゃいませんか」といいだした。ぼくは、そんなことできるわけがないと思って、曖昧な返事をした。それから二、三日して、その連中が、「小澤さん、やっちゃったよ。賄に頼んでよ」という。ぼくはびっくりしたが、頼まれるまま、みんなでその犬を賄に運んでいき、料理してくれと頼んだ。賄のおじさんは、別に驚くでもなく引き受けてくれた。

それから二、三日すると、ほんとに、夕食に肉のたっぷり入ったカレーライスが出た。まぎれもなく、犬カレーだった。しかし、ほとんどの寮生はことの真相は知らぬままに、久々のカレーライスを堪能したと思う。

ぼく自身は、前に書いた通り、戦争中の火薬工場で、野犬狩りの数日後、昼飯にカレーライスが出たことがあったので、犬の肉といってもおびえることはなかった。鶏肉のような、わりに軽い感じだったことをおぼえている。

それから約二十年後、新聞紙上で、東京大学の寮で犬をつぶして食べたということが大事件として報じられた。あらゆるマスコミが学生を非難し、たしか、大学のしかるべき責任者が、社会を騒がせたとして謝罪した。ぼくは、世の中って二十年もするとこんなにも変わるものかと思った。ぼくらが犬の肉を食べたころは、世の中全体が飢えていたから、特別な事件ではなかったのだ。

東北大学文学部に編入学

茨城大学文理学部の講義は、面白いものが多かった。日本語学の山本教授の講義も大変魅力的だったし、教授自身も勧めてくださったので、ぼくは一時、日本語学を専攻しようかとさえ思った。初めて聞いた論理学という学問にも非常に惹かれた。

だが、関楠生先生からのヒントで読んだグリム童話集を専攻しようという気持ちは動かなかった。それには、ドイツ文学科へ進まなければならないが、茨城大学ではそれは叶わない。すると運よく東北大学の文学部が三年次編入学募集をしていることがわかり、受験し、合格した。

口頭試問のとき、「ドイツ文学科に入って、何を研究したいのか」と質問された。ぼくは、即座に、「グリム童話を研究したいのです」と答えた。しかしドイツ文学科の授業にグリム研究はなかった。

東北大学

仙台での生活のはじまり

仙台の東北大学に移ったのは、小宮豊隆や阿部次郎がドイツ文学科や美学科にいたことを知っていたのと、母が仙台出身なので仙台には親戚が何人かいたからだ。ぼくは仙台に着いたばかりのころは、母の叔父の家に居候させてもらった。叔父一家も中国からの引き揚げ者だったので、狭い家に住んでいた。しばらくしてぼくは下宿を見つけて、そちらで暮らすようになった。

下宿は鉄砲町にあり、おばさんとお勤めしている娘さんと高校生の息子の家庭だった。おばさんはいつもにこにこしている人で、強い仙台弁だった。ぼくは言葉に興味があったので、家族と話すときは仙台弁をまねて話した。

ドイツ文学科で専門の勉強を始めたものの経済的には今までとまったく同じで、ぼくは相変わらず貧乏だったので、さっそく学生課でアルバイトを紹介してもらって稼いだ。家庭教師はもっとも高級なアルバイトだった。母の昔の友人から紹介してもらったことも何回かあった。何人かの中高生に国語と英語の家庭教師をした。特にぼくは英語についてはどこが大事かということがわかっていたので、試験のときそこに山をはってやった。そして重要と思われる文章をとにかく暗記させた。ほとんどの場合この山は的中して、どの子も英語の成績ははねあがった。それが親たちの間で評判になったらしく、あちこちから家庭教師の口がかかってきた。つねに三、四人の子どもの家庭教師をするようになり、しまいには七人の子どもを抱えるようになった。七人ということは毎日どこかで家庭教師をしていることになる。しかも試験の時期になると、どの子も週に二回三回とレッスンを受けたがるので、こちらは毎日二軒、三軒と渡り歩かなければならなかった。毎日、中学生を先にして高校生を後にしたが、高校生が終わって下宿へ帰るときには、もう十二時近くなっていることもしばしばだった。市電も終わり、静まり返った仙台の町を、とぼとぼと歩いて遠くまで帰ったことをおぼえている。

あるとき、どうしてもお金が無くなって、大学病院へ行って献血したことがあった。献血とはいいながら、なにがしかのお金がもらえたのである。何日か間をおいて三回献血した。でもこのことは親にはいわなかった。心配するだろうと思って。一回目のとき、お金が入ったので、長いことほしいと思っていた雨傘を買った。その日は嬉しくてしかたなかった。そのうちに待望の雨が降ってきたが、でかける用事はない。ぼくは傘をさしてみたくてしようがなくて、下宿の庭に出て、傘をさして、しばらく傘におちる雨の音を聞いていた。

そのうちに幸いに日本育英会の奨学金を借りられることになって、少し落ち着いて勉強できるようになった。

しかしぼくは、茨城大学時代から痔の病に苦しめられていた。それがぼくの行動をかなり制約していたのだが、仙台に移ってから悪化し、遂に四年生の秋、自宅へ戻って手術を受けることにした。

家族はそのころ世田谷の東京農業大学の構内で暮らしていたので、近くの国立病院で手術を受けた。この病院は旧日本軍の軍病院だった。ほとんど戦時中のままの感じで、廊下の床板は所々抜け落ちたままだった。おそらく医者も看護婦も戦時のままだったのだろう。医者は手荒くて、うっかりすると麻酔をせずに切られそうな雰囲気だった。

手術がすむと、医者が、「さあ、きれいにできた。これでもうどこに出しても恥ずかしくない」といったので、ぼくは思わず笑いだしてしまった。お尻はふつう、どこにも出さないものである。しかし、この医者の腕前はよかったらしく、手術は完全に成功し、以後、全体的に健康になっていった。

ドイツ文学科

ドイツ文学科の授業には、グリム関係のものはまったくなかった。柴田治三郎教授の講義は、「十九世紀ドイツの劇作家、フリードリヒ・ヘッベルの生涯と作品」だった。作品の分析というより、「柴田先生の人生観からみたヘッベルの人生と作品」という趣の講義だった。その中で、ヘッベルが晩年書いたという「子ども時代を子どもらしく生きなかった人間は、大人になっても大人らしく生きられないのだ」という言葉が強く心に残った。

授業にはグリム関係はないので、独学でするより仕方なかった。といっても、大学図書館にグリム兄弟やグリム童話集についての本はほとんどないので、グリム童話集そのものを丁寧にメモを取りながら読むことが主だった。図書館には、ただひとつ、ヨハネス・ボルテとゲーオルク・ポリーフカ共著の大作『グリム童話集注釈書』全五巻があったので、それればかり読んでいた。これは、グリム童話をひとつひとつ、出来事によって分割し、記号をつけたもので、学問的に大変刺激された。他に読むべきものがなかったのでこればかり読んでいたことが、後になってみると、とてもいいことだったとわかった。

というのは、グリム童話集全体に対して詳しくなったし、メルヒェンというものが、いくつかの出来事の組み合わせでできていることを知ったからである。そして、その出来事には類似のものがあり、組み合わせによってストーリーが異なった展開をするものだ、ということを具体的に知ったからである。このことは、ずっと後で、モティーフというものへの関心となって展開し、『日本昔話通観』(同朋舎)での「モティーフ分析」へとつながっていったのだった。

ボルテ＝ポリーフカの分析が頭にあったので、メルヒェンの構造についての関心も生まれてきたのだと思う。

貧しかったけれど、今から考えると、後の研究への基礎を作った学部時代だったといえるかも知れない。ぼくはグリム童話集について卒業論文を書き、大学院へ進学した。

大学院時代

グリム童話集についての卒業論文を書き、一九五三年（昭和二十八年）大学院に進んだものの、奨学金はもらえなかった。というのは、ドイツ文学に割り当てられた奨学金の枠は二名だったので、ぼくは外れてしまったのだ。入学成績が三人中の三番だったから。要はびりだってことだ。

とたんに生活に困った。なにしろ、親からは一切もらえなかったので、大学生活を続けるには、とにかく自分で生活費から授業料まで稼がなければならなかった。学部時代から続けていた家庭教師は、大変助かった。それでも足りないので、生徒をふやし、一番多いときには九人の生徒を教えたことがある。九人ということは、毎週、一日にふたりを教える日が必ずあるということだ。それが、期末試験になると、二倍以上になるので、家庭教師に明け暮れる感じだった。ドイツ文学の授業は、辛うじて出ている状態だった。

そのころ、先輩が、ある私立女子高校の宿直のアルバイトをやめるというので、その後任に採用してもらった。相棒と交代で、一日おきに宿直室に泊まるのである。時間は夕方から翌朝の始業までで、夜九時に一度、全校舎を懐中電灯を持って見て回り、朝、六時ころにもう一度見て回るのが仕事だった。真っ暗な広い校舎をひとりで回るのはいい気持ちではなかったが、幸い、事件は経験しなかった。

そのうちに、下宿には一日おきにしか泊まらないのだから下宿代がもったいない、ということに気づき、下宿を引き払ってしまった。当番でない夜は女子高校の医務室に泊まるわけである。もちろん、学校に気づかれないように。とはいえ、医務室の先生と事務室の男の事務主任はうすうす気づいていただろうと思う。気づきながら、貧乏学生だからと、大目に見てくれていたのだと思うのである（ありがとうございました）。

下宿はなくなったので、夕食は市場で、ゆで麺と野菜のてんぷらなどを買ってきて、宿直室で鍋を借りて、コンロで温めて食べたりした。てんぷらうどんである。非番のときには、先生たちが帰るまで待って学校へ行って、食べるわけだ。

事務主任は本好きの人で、特に民俗学や性風俗の本をたくさん持っていた。ぼくたちアルバイト学生にも見せてくれたので、ずいぶんいろいろな本を読ませてもらった。そのなかに、関敬吾著『日本昔話集成』というものがあった。まだ完結していなくて、一巻くらいしかなかったと思うが、ぼくはここで初めて、関敬吾という名前と、『日本昔話集成』という本があることを知ったのだった。

ぼくはドイツ文学科の学生で、グリム童話集の研究をしていたので、日本の昔話については、柳田國男の本を読んでいる程度だった。だから、この本を見たとき、「こんなことをしている人がいるんだ」と強い衝撃を受け、なけなしの金をはたいて買った。そして、関敬吾なる人に会いたいと思うようになった。それが実現するまでには、まだ数年かかったのだが。

女子高校の医務室には、何かの都合で、非番の夜に泊まれないことがあった。そんなときには、大学のドイツ文学科研究室で椅子を並べて寝た。助手の人にお願いして鍵を借り、家庭教師が終わって、ほとんど夜中に研究室に入るわけである。自分ながら、「昼間来ないで、夜ばかり来るなんて」と思った。

宿直があるので家庭教師の口は減らしていたが、それでも、毎日、息つく暇のない、ぎっしり詰まった一日だった。そういうときには、自分の時間が一時間あると、すぐに勉強が始められた。「今やらないと、もう、やる時間がない」と思うからである。のちに、東北薬科大学専任講師の職に就いてから、はたと気がついてみると、自分の時間が一時間あっても、「どれ、一休みしてから」とお茶を飲んだりして、すぐ三十分くらいは無駄に過ごしているのだった。人間、追い詰められているほうが、人生の時間を無駄なく使うものらしい。

貧乏のどん底で、女子高校の夜間宿直をしていたときには、自分が今人生のどこに立っているのか、その位置はわからなかった。しかし今考えてみると、そこで関敬吾の名前を知り、『日本昔話集成』の存在を知ったのだから、昔話研究者としての今と一直線につながっている。偶然になった宿直員だったけれど、いつの間にか、ぼくの人生にとっては必然の道になっていたのだった。

実は、女子高校の夜間宿直をしながら、もうひとつ別の荒稼ぎを始めていた。それは、東北大学学力増進会の創立である。

東北大学学力増進会の創立

水戸の茨城大学にいたころ、東大学力増進会を創立した落合さんという学生が現れて、学力増進会の創立を働きかけてきた。ぼくらは数人で活動を始めたのだが、ぼく自身は東北大へ移ったため、縁は切れていた。しかし仙台で大学院に入り、当分仙台にいることが決まると、ぼくは学力増進会のことを思い出し、工学部学生だった従兄弟、若松乙郎とふたりで始めたのだった。

することはまず、高校入試のための模擬試験だった。ガリ版印刷でチラシを作り、市内の中学の進学指導の先生を訪問して回った。模擬試験問題は東大学力増進会から買い入れる。初めのうちはわずかの受験者しか集まらなかった。ところが何回かくり返すうちに受験者が飛躍的にふえはじめた。原因ははっきりしていた。

ぼくたちは、模擬試験のとき志望高校名を記入させておき、試験の点数が確定すると、志望校別に並べて順位をつけ、それを中学に渡すことにしていた。そうすると、進学指導の先生は、その高校を志望する市内の中学生全体の中でこの子は何番かということがわかるので、ぼくらの模擬試験を積極的に活用するようになったのだった。そして、瞬く間にうわさが広がったようで、県内の多くの中学から受験させたいという希望が寄せられるようになった。

ぼくは忙しくなった。県内各地を回って、中学校の進学指導の先生と会い、模擬試験用の教室を借りる契約をした。模擬試験には監督が必要である。そこで、大学本部の学生課へ行き、アルバイト担当のおじさんに、

「アルバイトを五十人集めてください」「今回は八十人お願いします」などといった。最初のとき、おじさんがあきれてぼくの顔を見つめていたことをおぼえている。なにしろ、ついこの間まで、「アルバイトありませんか」とかいってきた、しょぼくれた学生がこんなことをいうのだから、あきれるのも無理はない。

模擬試験本部は従兄弟の貧しい家なのだが、ぼくらふたりはものすごく忙しくなった。志望校別の順位を出すといっても、そのころはすべてカードに手書きで書き込んでいくので大変だった。だんだんにうまいやり方を発明し、慣れていったが。

模擬試験問題についても知恵が出てきた。東大学力増進会から問題を買うと、ぼくらの利幅は小さい。そこで、従兄弟とふたりで作ればいいじゃないかということに気がついた。国語、英語、音楽ならぼくが作れる。数学、理科は従兄弟が作れる。そうなると中学の教科書を勉強しなければならない。同時に、東大学力増進会の作った問題も、参考のために細かく検討した。そして次の回からは実行した。

学力増進会大繁盛

問題は作れたけれど、それを受験生の人数分、印刷しなければならない。このとき、茨城大学時代のガリ版屋の修業が役に立った。ぼくはガリ版印刷の技術を習得していたので、試験問題の印刷は一手に引き受けた。原紙を貼ったスクリーンの枠を輪ゴムの帯で上から吊って、ローラーを一回滑らせるごとに枠が自動的に上に上がるようにして、一枚刷るごとに左手で紙を抜いていくのである。

千枚刷るのに何時間かかったか、おぼえていないが、五科目あるのだから何時間も刷り続けた。大変な肉体労働だった。冬休みは入試直前なので、毎週のように模擬試験を開いた。すると、問題作成も、印刷も大変である。自分の勉強は完全に忘れて働いた。

ある年の大晦日には、帰省するどころか、真夜中まで従兄弟の家で印刷をして、除夜の鐘が鳴り終わったころにやっと終了した。その晩はもう遅いので、女子高校の医務室に帰ることもできず、ドイツ文学科の研究室にもぐりこんで、椅子を並べて寝た。その晩は大雪で、研究室までの道々、膝までの雪をかきわけて歩いた。静まり返った大学構内の松の木が雪をかぶって、とてもとてもきれいだった。

仕事は大変だったが、収入も跳ね上がった。多いときには百人ほどのアルバイト学生を雇い、そのころとしては一番いい水準の手当てを出した。必要経費を差し引いた残りは、従兄弟と均等に分けた。それで、ぼくは滞納していた学費を払うことができたし、憧れの音楽喫茶へ行って、レコードを聴くことができるようになった。

帰省するときには有り金を全部持っていった。当時、父は慣れない商売を始めては失敗をくり返していて、わが家は貧乏のどん底だった。音楽を勉強し始めた弟もまだ音楽で稼げるほどにはなっていない。

そのころ、家族は世田谷区の経堂にいたのだが、ぼくがお金を持って帰省するとわが家は元気づいて、兄弟四人で経堂の町へ繰りだしていき、かりんとうを買って帰るのが楽しみだった。わが家ではこれを「経堂豪遊」と呼んでいた。その後、笹塚へ引っ越したのだが、そのときの敷金と最初の家賃は、ぼくが持ち帰ったお金で払った。

「自分の学力増進も考えたまえ」

大学院二年目の冬、高校入試が大体終わって、模擬試験の季節がすんだころ、ぼくは主任教授の柴田治三郎先生から、研究室にくるよういわれた。何事かと思って行ってみると、先生は、「君、ひとの学力増進もいいが、自分の学力増進も考えたまえ」といわれた。そして、「月にいくらあったら足を洗えるのか」と尋ねられた。ぼくは、そのころ下宿代というものは大体月四千円と聞いていたので、「四千円あればやっていけます」と答えた。先生は、「じゃあ考えておこう」といわれ、その後、すぐに、東北薬科大学のドイツ語二コマの非常勤講師の口を紹介してくださった。ぼくは約束どおり、三月で学力増進会をすっぱりやめ、すべてを従兄弟に譲った。

大学院修士課程はふつうは二年間で修了なのだが、ぼくは何も勉強していなかったし、そのころ、グリム童話のエーレンベルク稿というのが手に入ったので、それで修士論文を書こうと思って、三年目に入った。ドイツ語の非常勤講師をしながらである。

柴田先生にいわれて、学力増進会をきれいさっぱりやめたので、今、昔話の研究者として活動できているのだが、もしあのとき、先生の忠告がなくて、学力増進会を続けていたら、今頃は仙台の受験界のボスになっていたんじゃなかろうかと思って、ひとりで笑うことがある。

桐朋学園音楽科卒業旅行

三年目は勉強の年と決めたのだが、間もなく、また気をそらすことが起きた。それは、弟征爾が音楽を勉強していた桐朋学園音楽科一期生の卒業旅行の面倒を見てくれないかというのである。斎藤秀雄先生から、「故郷の仙台で演奏会をして、その後金華山までの旅行をしたいと考えている。あなたは仙台にいるから面倒を見てくれ」と頼まれたというわけだ。ぼくは弟の入学試験のとき、口頭試問には親代わりに付き添っていったし、音楽科の生徒ともなじみがあったので、引き受けた。斎藤先生の希望は、演奏会を仙台で二回、石巻で一回開き、船で金華山に渡って、鹿を見ることだった。石巻は出身の生徒が桐朋にいたので、その親が演奏会の準備をすることになり、ぼくは、仙台の準備を担当し、宮城学院と尚絅女学院のホールを借りた。そして、チラシの印刷、税務署との交渉もやった。

演奏は、高校三年ながら、すでに毎日音楽コンクールで優勝したピアノの松岡三恵やヴァイオリンの丘理子、入賞したピアノの本荘玲子、江戸京子などがいて、レベルの高い内容だった。弟は、三年女子全員のコーラスを指揮した。付き添いの先生は、作曲家の柴田南雄、入野義朗たちだった。

石巻の演奏会も無事終わって、いよいよ金華山への遠足だ。皆、いい気分で観光船に乗った。ところが、ちょうど台風が接近してきていて、船は、港の外に出ると激しくゆれはじめた。もともと音楽ばかり勉強していて、普段体など鍛えていない女子ばかりだから、船の中はたちまち船酔い続出で大騒ぎになった。四人の男子生徒は、上の甲板にあがって虚勢を張っていたが、しまいには皆ダウンしてしまった。

斎藤先生はきわめて残念そうだったが、ついにあきらめて、船を港へ戻らせた。この卒業旅行の後半は散々な旅行になってしまった。

男声合唱

学部、大学院時代とも、アルバイトに忙しい毎日だったが、音楽の楽しみは絶やさなかった。東北大学男声合唱団に入って歌ったのである。五十人くらいの大合唱団だった。メンデルスゾーン、シューベルトの男声合唱曲などを歌った。ロシア民謡「ステンカラージン」をロシア語で歌おうということになり、文学部のロシア語の鬼正人教授に指導してもらった。みんな必死でロシア語を丸暗記し、演奏会ではもっともらしく歌った。おかげで、ぼくは今でもロシア語で口ずさめる。

ブラームスの男声合唱とアルトソロのための「アルト・ラプソディー」も忘れられない。男声の広い和音の上を、アルトのソロが、半音階を多用して、まるで無調音楽のように漂っていき、ぼくは空想をかきたてられた。佐々木成子のソロだった。

その年、ドイツ文学科の演習で、ゲーテの詩の精読が行われていて、ちょうどそのころ、「アルト・ラプソディー」に使われたゲーテの原詩が取り上げられた。ぼくは演奏会の感動から覚めきれず、演習の時間に、アルトソロの部分を歌ってしまった。主任教授の柴田治三郎先生も音楽に造詣の深い方だったので、それを許してくださった。

学生歌と「秋の子」

東北大学の学生部が学生歌を公募したことがある。ぼくは作曲して応募したが、残念ながら二位だった。一位の人は、確か男声合唱団の指揮をしていた人だった。一位の曲はその後、いろいろな機会に歌い継がれていた。今はどうだろう。

歌い継がれているといえば、こんなことがあった。大学院を出た後のことだが、東北薬科大学のドイツ語の専任講師になると同時に、東北大学教養部の非常勤講師に任命された。授業の合間にドイツ語の歌などを教えているうちに、音楽の好きな学生がぼくのまわりに集まり、自然発生的に混声合唱のグループが生まれた。このグループはのちに東北大学混声合唱団として形を整え、現在でも定期演奏会などして活発に活動している。

この合唱団のレパートリーのなかに、ぼくが編曲した「秋の子」という子どもの歌があった。東大理学部の末広泰雄という、魚博士として有名な方が作曲した歌で、詩はサトウ・ハチローである。ぼくは自分たちの結婚記念に Chor Schatz（合唱の宝物）という合唱曲集を作ったのだが、そのとき、この「秋の子」を四部合唱曲に編曲して入れたのだった。それを、混声合唱団でも歌ったのである。

最近、東北大学混声合唱団ＯＢという人からメールが来た。「私たちが歌っている秋の子という曲は、小澤俊夫という人の編曲と言い伝えられています。ホームページで調べたところ、小澤俊夫という人は昔話関係の人のようなので、この言い伝えは間違いではないかと思うのですが、如何でしょうか」というものだった。ぼくは「間違いではありません」と返事を送った。五十年前に学生に渡した曲が今でも歌い継がれているとしたら、嬉しいことである。

音楽喫茶

学部学生時代は貧乏で、そのころ流行の音楽喫茶に友だちが行っても、ぼくは行かれなかった。大学院になってから、家庭教師や学力増進会のおかげで経済的に少し余裕ができてきたので、憧れの音楽喫茶に行くようになった。コーヒーを注文して、レコードでクラシック音楽を聴く喫茶店のことである。

モーツァルトのシンフォニーを聴いていると、海辺に押し寄せる波のように、くり返しくり返し同じ音型が現れてくる曲に出会った。これこそ、水戸の教養部時代に、行商の帰り道、夕闇せまる生垣越しに聞こえてきたあの曲だったのだ。「あれはいったい何の曲なんだろう」とずっと思い続けていた曲だった。それが、五年越しにやっとわかった。店の入り口に、今かかっている音楽の曲名が書かれていた。モーツァルトの交響曲第四〇番ト短調の第一楽章だったのである。

この音楽喫茶で初めて聴いた曲で、忘れられない曲がもうひとつある。モーツァルトのピアノ協奏曲第二〇番ケッヒエル番号四六六だ。低音のシンコペーションの間を縫って、地の底から突き出てくるような三連音符。ぼくは魂を突き動かされた。

エーレンベルク稿で修士論文

グリム兄弟のことを調べているうちに、グリム童話の初版以前の手稿が、一九世紀末に、エルザスのエーレンベルク村の修道院で発見されたことを知った。まだ学力増進会をしていたころ、ドイツの資料目録で、そのファクシミール版が、ヨーゼフ・レフツという人の編で一九二七年（昭和二年）にハイデルベルクの書店から出版されていることを見つけた。一九二七年といえばワイマール共和国時代だが、その後の世界大戦でドイツは破壊しつくされたので、到底手に入らないだろうと思ったが、手紙一本くらい無駄にしてもいいと思って注文を出したことがあった。一九五五年のことだった。すると、何ヶ月もたったある日、その本の小包が届いたのである。新本だった。ぼくは眼を疑った。しかも値段は、当時のままかどうかはわからないが、べらぼうに安い。ハイデルベルクは空襲を免れたとはいえ、あの大戦の混乱のなかで、本を守り続けた本屋に感動した。

ぼくは、修士論文提出を一年延長することに決め、一八一〇年にグリム兄弟がブレンターノに送ったこの手稿を基にして、グリム童話の文体の変遷を研究し、修士論文とすることにした。そのころはまだ初版から第六版までは見ることもできない時代だったから、決定版である第七版との比較になった。資料が豊富に出回ってきた現在から見れば、まったく大雑把な比較だったが、ぼくとしては、グリム童話の文体というものについての初めての試みだった。そのことがあったので、のちに、マックス・リュティの様式論に惹かれるようになり、現在の、昔話の普遍的な語り口の研究につながって来たのだと思う。

ボルテ＝ポリーフカ『グリム童話集注釈書』全五巻

大学院当時のことについては、これまでかなり詳しく書いたが、研究の内容について少し補っておきたい。

当時、東北大学の図書館には、グリム童話に関する研究書として、ヨハネス・ボルテとゲーオルク・ポリーフカ共著の『グリム童話集注釈書』全五巻しかなかった。これは一九一二年から刊行が始まった全五巻の大作で、後でわかったことだが、世界のメルヒェン研究の扉を開く名著だった。当時ぼくにはまだその認識はなく、他に何もなかったから、ひたすらその五巻本を読み込んでいった。

卒業論文はその五巻本のうち、第五巻のグリム童話集成立史を使って書いたのだが、大学院に進んでからは、第一巻から第三巻までの具体的な注釈書を読み込んだ。ボルテとポリーフカというふたりの碩学は、主としてヨーロッパ諸国の資料からグリム童話のそれぞれについて類話を探し出し、それを分析して異同を示してあった。ポリーフカはチェコのプラハ大学の教授なので、スラブ系民族の昔話資料が豊富に取り入れられているのが特徴だった。

著者はまずドイツ各地の類話を紹介した後、話を部分に分解して、それぞれに記号を与える。その記号をもとに、各国の類話を整理しているのである。その一例として、二一番「灰かぶり」についての記述を記しておく。

A1　女主人公が継母または異母姉妹に虐待される。または
A2　父に求婚されて、変装して逃げる。
A3　父を塩のように愛すといったために、父から追放される。
A4　召使いに殺される。
B　女主人公は自宅で、または他所で召使いとして働く間に、
B1　亡母によって、亡母の墓に生えた木によって、または彼岸的人物によって、
B2　鳥によって、あるいは
B3　山羊、羊、牛から忠告を受け、援助され、食べ物を与えられて、
B4　山羊が殺されると、その内臓から不思議な木が生えてくる。
C1　女主人公は豪華な衣装を着て、王子とたびたび踊る。王子は彼女を引き留めようとするができない。
あるいは王子は台所で彼女を見かける。
C2　女主人公は下女の時受けたひどい仕打ちを当てこする。
C3　彼女が豪華な服装をしているところを、自室で、あるいは教会で王子にみつけられる。
D1　彼女は靴合わせで発見される。
D2　王子のスープの中、またはパンの中に入れた指輪で発見される。
D3　騎士が望んだ金のリンゴを、彼女だけが摘むことができる。

E　彼女は王子と結婚する。
F　彼女は父に、無塩の料理を出し、以前の返事の真意を伝える。

著者はヨーロッパ各地の膨大な資料を、この記号によって整理している。例えば、フランスのシャルル・ペローの「サンドリオン」は「A1、B1、C1、D1、E」であると分析している。ぼくはメルヒェンをこのように分析する考え方を知らなかったので、大変興味をもち、かなり丁寧に読んだ。この注釈書はまだ、話の各部分をモティーフとしてとらえるには至っていない。のちに知ったことだが、この当時、同時並行的にフィンランドでは、アンティ・アールネらにより、歴史的・地理的研究方法が生まれつつあったのである。

ぼくが日本の昔話との類似で最初に注目した「コルベスさん」については、この本の著者たちはまだどう考えてよいのかわからなかったらしく、分析はなく、「グリム兄弟によると、コルベスという名前はその名を聞いただけで子どもがこわがるような凶暴な男を意味するらしい」と記してあるだけである。著者は「コルベスさん」という話が日本の「さるかに合戦」と同系統の話であることにはまったく気づいていない。それは研究の発展を待たなければならないことであった。

グリム童話の「エーレンベルク稿」

次に、先に述べたエーレンベルク稿についても少し補っておく。

グリム兄弟は一八一二年に『子どもと家庭のメルヒェン集』八六話を刊行したのだが、その二年前に、ロマン派の詩人クレメンス・ブレンターノの依頼で、それまでに収集したメルヒェン四八話（と推測されている）を、ベルリンにいるブレンターノに送った。当時ブレンターノは世界のメルヒェン集のようなものを計画していたからである。しかしこの計画は実現せず、原稿も返却されなかった。その後両者の関係は悪化した。

ところがヴィルヘルムが四八話の原稿の写しを作っておいたので、グリム兄弟は二年後にそれをもとに『子どもと家庭のメルヒェン集』八六話を刊行できたのだった。一方、返却されなかった原稿が十九世紀末になって、エルザス地方エーレンベルク村の修道院の書庫で発見された。ブレンターノの叔父がその修道院にいたからだそうである。この発見はグリム童話研究の世界では大発見で、一九二七年（昭和二年）にハイデルベルクで出版された。

この「エーレンベルク稿」の内容は、グリム兄弟が一八〇七年に近所のヴィルト家の娘たちとハッセンプフルーク家の娘たちから聞き書きし始めたそのメルヒェンが主で、そのほかに遠方の知人から送られてきた聞き書きであった。その筆跡によってヤーコプとヴィルヘルムの区別ができるので、のちに、研究上大きな役割を果たすことになる資料だった。

しかし当時の私の研究的興味は、グリム童話集の最終版である第七版の文体と、初版以前の手稿との文体の比較だった。それは一八〇七年からの聞き書きの手稿だから、一八五七年の第七版の文体とは大いに異なることは自明だったが、具体的にどう違うのか、確認したかったのである。その後、一九八九年になって私はエーレンベルク稿全体を翻訳して発表した。それは国書刊行会刊『ドイツロマン派全集』の第十五巻『グリム兄弟』に収められている。具体的にそれがどんな文体であったか、一例を示したい。

十七　「三人の王子」（現在はグリム童話六三番「三枚の鳥の羽根」として知られている）

ある王さまに三人の王子がありました。三人は、それぞれ広い世間へ出ていくようにいわれました。そして、王さまに一番上等な麻布を持ち帰った者を、王の後継ぎにするということでした。王さまは宮殿の前へ行って、三本の羽根を空中に吹いて飛ばしました。その羽根が飛んでいった方角へ、息子たちはでかけなければなりません。

一本の羽根は西へむかって飛びました。そこで、長男がその羽根の方向へ行きました。もう一本の羽根は東にむかって飛びました。そこで、次男がその方向へ行きました。ところが、三番めの羽根は、宮殿からたいして遠くない石の上に落ちました。そこで、ふたりの兄の王子たちは、おろか者のことをばかにして笑って、おまえはここにいて、その石のあたりで麻布をさがすがいいといいました。おろか者はその石に腰をおろして泣きました。

そして、身体をゆすっているうちに、その石がずれていって、石の下に、輪のついた大理石の平たい石がありました。その大理石の平たい石を、おろか者は持ち上げてみました。すると、階段が下の方へ通じていたので、おりていきました。そして美しい丸天井の部屋に来ました。そこには、若い娘が腰をおろして、いっしょうけんめい糸を紡いでいます。三男は、その娘に自分の困ったことをうったえます。すると娘は、三男のために、それはそれは上等の麻糸を紡いでくれます。そして、地上へあがって、おとうさんのところへ持っていきなさい、といいます。

三男が上へあがっていくと、兄さんたちはもう帰ってきていて、麻糸を持っていました。けれども、三男の麻糸が一番美しいということが認められました。けれども、兄さんたちは、それではがまんできません。王さまは、もう一度三枚の羽根を空中に吹きとばします。そして、最も美しいじゅうたんを持ってくるように求めます。上のふたりは、また西と東へ旅をしてでかけます。ところが、おろか者の羽根はまた石の上に落ちます。三男は、ぐずぐずしないでおりていきます。そこには、あの若い娘がいてすばらしいじゅうたんを作っています。三男はそのじゅうたんを持ってあがってきます。それは、兄さんたちのじゅうたんよりもはるかに美しい。

もう一度羽根が空中へとばされます。三人はそれぞれ、最も美しい妻をもとめなければなりません。おろか者が下へおりていくと、娘がいいます。丸天井の部屋へはいっていくと、金の小部屋があるから、そこに最も美しい女性がいるでしょう。三男は急いでいって、金と宝石でキラキラ輝く小さなとびらをあけます。ところが中にすわっているのは女性ではなくて、ひどくみにくいカエルです。それでも三男は勇気をだして、そのカエルを拾いあげて近くの池まで運び、水の中へ投げおとします。ところが、カエルが水にさわったとたん、カエルはこの世で一番美しい女性に変わります。

王さまは、その娘が一番美しいと決定しましたが、他の王子たちは自分の妻を連れてきていて、それに満足ではありません。そして、大広間の真ん中の高いところにしばりつけてある輪までとびあがることができた嫁を勝ちとするように、と要求します。王さまはしまいにそれに同意し、三人の嫁たちはみな、その輪をめがけてとびあがります。けれども他のふたりは十分高くとびあがることができず、落ちて死んでしまいます。ところが、あの穴の中から出てきた娘だけは、一回めですぐにそこに到達し、両手でその輪をつかまえてブラブラゆすります。それでおろか者が王さまになり、その娘が女王になります。

口伝え（筆跡ヴィルヘルム）

所収『ドイツ・ロマン派全集　第十五巻　グリム兄弟』国書刊行会発行　一九八九年

これはヴィルヘルムが書いた通りの文章の翻訳である。一見して、動詞の現在形と過去形が混在していることがわかる。しかし、話のすじの重要なところが、ほとんど語られている。「エーレンベルク稿」の他の話においては、ほとんどメモ程度の話もある。ぼくにとっては『グリム童話集』への研究的興味を決定づけた重要な資料となった。

柳田國男先生との出会い

常民文化研究所

日本の民俗学と昔話研究の開拓者である柳田國男先生とは、ぼくはその晩年に四回お目にかかっただけである。従ってぼくは決して、その教えを直接受けた人間とはいえない。しかし、その四回がぼくにとっては極めて強烈な体験だった。昔話研究をずっと続けてきた自分を振り返ってみるとき、この四回の出会いはぼくにとって決定的な意味をもっている。

ぼくは大学へ入ってドイツ語を学ぶうちに、グリム童話というものが、創作でなく昔話なのだということを知って、興味をもち、卒業論文でグリム童話集の成立について調べた。それが昔話であるということから、昔話一般についての本を読むようになった。とはいえ、当時昔話についての本といえば、柳田國男著のものしかなかったので、自然の成り行きとして、彼の著書を読んでいた。『桃太郎の誕生』、『口承文芸史考』などである。

修士論文を書くうちに、稿の変遷の問題を取り上げた。そのうちに、『ドイツ民俗学雑誌』に掲載されている論文を読む必要がでてきた。日本国内の所蔵を探したところ、柳田國男が自宅敷地内に設けている

「常民文化研究所」にあることがわかった。

ある日の夕方四時すぎに、世田谷区成城にあるその研究所を訪ねた。ドアをノックした。すると、ドアが開いて、なんと柳田國男その人が目の前に現れた。ぼくは驚き、緊張した。当然事務員か誰かが出てくると思ったのに、写真で見たとおりの小柄な特長ある顔つきのおじさんが、目の前に立っているのである。

「何の用か」と尋ねられた。ぼくはどぎまぎしながら、「ドイツ民俗学雑誌を調べる必要があり、ここにしかないことがわかったので、見せていただきたいと思い、やってきました」といった。

「紹介はあるのか」

「いえ、ありません」

ぼくは仙台の東北大学で、しかもドイツ文学科で学んでいるのだから、民俗学の研究所へ紹介してくれる人なぞ、いるわけがない。

「まあ入りたまえ」

いわれて、ぼくは先生の後について玄関で靴をぬいだ。大きな部屋があり、机がいくつも並んでいて、数人のおじさんたちが、本を読んだりしていた。大学の研究生より年齢の高い人たちばかりだった。それに、ぼくにとっては知らない分野の人たちなので、みんな偉い人のように見えた（あとで紹介されてみると、それは本当に、民俗学畑の高名な人たちだった）。

柳田先生はぼくをつれて、左奥のすみっこへ行った。その書棚に、めざす『ドイツ民俗学雑誌』が並んでいた。ぼくはすぐ探しにかかった。求めていた論文はすぐ見つかった。それはドイツ民謡に関するもので、民謡のテキストが全文掲載されているものだった。

ぼくは、机の一隅を借りて、手で写し取った。かなりの分量だったので、時間がかかった。終わったときには、大部屋の机に人はいなかった。

ぼくは、ひとり残って文机に向かっておられた柳田先生にお礼をいって、退去しようとした。すると、先生が、「そこへすわりたまえ」といって、文机の前の、応接セットのような椅子をさされた。ぼくは、先生と向かいあって座った。

「今、何を調べているのか」ときかれた。ぼくは緊張しながらも、修士論文のために調べていることを話した。グリム兄弟とサヴィニー教授、ブレンターノ、アルニムらとの関係や、手に入れたばかりの初版以前の稿、いわゆる「エーレンベルク稿」についてである。すると先生は途中で、「ちょっと待て」とおっしゃって、文机のところへ行かれ、小さなノートを持ってきて、ぼくがしゃべることをメモし始めた。ぼくはびっくりしてしまった。

ぼくからみたら、民俗学の神様のように偉い先生である。それが、どこの馬の骨ともわからない、大学院生のいうことをメモなさる。「学問とはこういうことなのか」と思い知らされた。すごい人だなと思うと、ぼくはますます緊張してしまった。だが、聞いてもらいたいことはたくさんあるので、しゃべりつづけた。先生はたまに質問をさしはさむだけで、メモをとりつづけていた。

修士論文の内容を大体しゃべりおわって、おいとましようとすると、先生は、「君、グリム童話をやるなら、日本の昔話もやってくれたまえ」とおっしゃった。ぼくは、「先生のご本は読ませていただいています」と答えたが、そのとき、（そうだ、日本人なんだから日本のこともやらなきゃな）と、思った。

柳田先生が、初めて会った大学院生にこんなことをいわれたその気持ちを考えてみると、先生には、昔話の研究を発展させなくてはならないという気持ちがとても強かったのだと思う。そして、外国語もできて、日本の昔話をやる人間が必要だと考えていらしたのだと思う。特に、先生は若いころにハイネの『流刑の神々』によって、古代の神々がヨーロッパにおいて、新しい宗教によって追放されていく構図を知った経験があり、ドイツについては興味をもっておられたのだと思う。もちろん、昔話研究の開拓者としてのグリム兄弟についても。

柳田先生の最後の講話

ぼくはそのとき以来、柳田先生の昔話関連の著作を、前より熱心に読むようになった。いつも、玄関に出てこられた和服姿の先生と、椅子に座られた先生のこぢんまりした姿を思い浮かべながら読んだ。そしてちょうどそのころ、角川書店から刊行された関敬吾著『日本昔話集成』全六巻を読みだした。

その後、常民文化研究所へは二度伺ったことがある。二度目のときには、柳田先生は、そこに来あわせていた研究者たちに、ぼくを引きあわせてくださった。そのなかに、千葉大学でドイツ語を教えておられた川端豊彦さんがおられた。柳田先生はぼくに、「この人は今、グリム童話集を翻訳している」と紹介してくださった。そして、川端さんに進行状況を尋ねた。川端さんは、「そろそろ最終段階です」といっていた。その後しばらくして、角川文庫から、関敬吾・川端豊彦訳『グリム昔話集』が刊行された。

三回目に伺ったときには、大藤時彦さん・ゆきさん御夫妻と、おおまちさんに紹介された。のちにその方が、大間知篤三氏であることがわかった。著書でお名前は知っていたが、おおまちと大間知が結びつかなかった。大藤時彦さんとはそれが御縁で何度かお目にかかり、民俗について、いろいろ教えていただいた。大藤ゆきさんからも、わらべ唄の本などいただいたり、教えていただいたりした。

柳田先生に最後にお目にかかったのは、数年後の仙台だった。ぼくは、常民文化研究所を最初に訪問して以来、東北大学文学部宗教学科の堀一郎先生が自宅で開いていらした「東北民俗の会」という会に出席させてもらっていた。堀一郎氏は、柳田先生の娘婿だった。メンバーは皆、長年、柳田門下で東北地方の民俗調査をしてきた高弟ばかりだった。

共同のテーマは、東北の「おしらさま」だった。これは昔話としても、「馬と娘の婚姻譚」として知られていて、ぼくにも大変興味深かった。毎回各地の事例が報告され、勉強になった。

ある年、柳田先生が東北の旅に来られた。東北各地を歩いて、最後に仙台の娘宅に寄るという日程だった。東北民俗の会では、先生を迎える貴重なチャンスなので、堀一郎先生宅で全員の会を開き、柳田先生のお話を伺うことになった。

その日、ぼくは夕方から、勤務先の東北薬科大学の合唱団を指揮して、仙台五大学合唱祭に出演することになっていた。柳田先生の会は午後だったので、午前中にコーラスの発声練習をして、午後は堀先生宅へ行って、夕方の本番直前に、仙台市公会堂でコーラスと合流する計画をたてた。

午後、堀先生宅へ行き、柳田先生のお話を録音する係を命じられた。ぼくはこの会で最年少だったし、オートバイで行動していたので、録音テープを買ってくるよう堀先生にいわれて、オートバイをとばした。

柳田先生のお話には、四十人位の高弟たちが集まった。みな、高校の先生などをしている年輩の方々だった。会場は、堀先生宅の二階の広い和室だった。この一帯は、仙台市の川内住宅地といって、つい先年まで、占領アメリカ軍の将校の住宅地だった。かなり大きな一戸建ての住宅群が日本に返還されて、公務員住宅として使われていたのである。

柳田先生のお話の間、ぼくは録音係として、一番うしろで、オープンリールの録音機を操っていた。お話は、『海上の道』の問題だった。柳田先生は、早くからの自説、日本の稲作文化は黒潮に乗って南方から渡来したという自説を説かれた。しかし、このころにはもう江上波夫氏と岡正雄氏の騎馬民族説が有力視されていたので、この説に対しても批判的にふれられた。曰く、「朝鮮半島から海を渡って来たというが、馬で海を渡れたのか」、「言葉がまったく違うのに、昔話まで伝わってきたと考えるのは無理ではないか」。

高弟たちは、メモをとりながら聞いておられた。ぼくは、録音に失敗しないよう、そればかり気にしながら聞いた。終わって、高弟たちがかわるがわる先生の前へ進み出て、現在自分のしている調査のことなどを報告していた。高弟たちは、先生の年齢から考えて、これが柳田先生の最後の東北旅行になるだろうことを予感しているので、何人かの人が、先生の著書にサインを求めた。すると、柳田先生は、「わたしの名前はそこに印刷されているので、自分の本にはサインしないことにしている」とおっしゃって、断られた。求めた人たちは、納得したのかどうか、皆、自分の座にもどった。ぼくは、「偉い人はそういうものか」と思いながら録音機を片づけた。

かなりの時間が経って、その間にぼくは録音機を片づけ、テープを整理し終わった。先生の前に人がいなくなったので、ぼくは先生の前へ行き、畳に手をついて、「ありがとうございました」と、礼を述べた。すると先生が、「君、『日本の昔話』の改訂版を持っていますか」といわれた。そのころ、角川文庫の柳田國男編『日本の昔話』の改訂版が出たのは知っていたが、貧乏教師であるぼくはまだ買っていなかった。それで、「いえ、まだ持っていません」と答えると、先生は、「堀君、一冊持ってきなさい」と、堀一郎先生にいわれた。堀先生が一階からその文庫本を持ってこられると、柳田先生は、ぼくに向かって、「君は昔話の比較研究をしてくれているから、サインしてあげよう」といって、一頁目に「柳田國男」とサインしてくださった。ぼくは驚き、感激して、凍りついてしまった。

さっき、サインを断られた高弟たちが、まわりに黙って座っているまんなかで、サインをしてその本をぼくにくださったのである。そもそも、ぼくがグリム童話について修士論文を書いたことや、昔話について多少勉強を始めたであろうことを、柳田先生がおぼえていてくださったことが驚きだった。あの最初の訪問以来、かなりの間隔をおいて二回、お目にかかっただけだったのだから。

その後は、どうやって堀先生宅からいとま乞いをして出てきたのか、まったくおぼえていない。とにかく、オートバイで堀一郎先生宅を出て、夕方、約束の時刻に、仙台市公会堂に着いた。予定通り、東北薬科大学混声合唱団の発声練習をし、定刻にステージで演奏をした。だが、ぼく自身は宙を歩いているようだった。何を歌ったのか、どんな音が鳴ったのか、何もおぼえていない。さっきの出来事にあまりに強く心をゆさぶられていた。

柳田先生のひとこと

あれから約六十年経った今、そのころの柳田先生とほぼ同年齢になって考える。先生はなぜ、たった三回しか会ったことのない、無紹介で現われた若造のことをおぼえていて、励ましのサインをしてくれたのだろうかと。

答えは単純だと思う。日本の昔話の伝承が正しく行われ、昔話の研究が進むことを願っていたからである。昔話の比較研究については、柳田先生は一九四七年（昭和二十二年）に書いた「昔話のこと」において、今後は比較研究が必要だということを認めた。比較研究ができるには、外国語ができなければならない。特にドイツ語は、高木敏雄、関敬吾氏らがいたが、その後がいなかった。そこへ、ドイツ文学専攻の若造が現れたので、特に比較研究を進めるために、励ましてくれたのだと思う。

そしてドイツ語だけでなく、英語、フランス語、中国語、韓国語で昔話や民俗学を専攻する若者へも、同じような励ましをされていたのではないかと思う。

六十年経った今、先生の願望は充たされているかといえば、相当程度充たされているといえると思う。特に、日本に直接影響を与えた中国の昔話については、近年、君島久子氏、伊藤清司氏らとその後輩たちによって、めざましく研究が進められた。先生が知ったら、どんなに喜ばれることだろう。

そのころ家族は

ぼくは一九五六年（昭和三十一年）大学院修士課程を終えて、仙台の東北薬科大学にドイツ語担当専任講師として就職したのだが、ここで、大学在学中の家族のことを記しておきたい。

母のネクタイ作り

一九四九年、ぼくが茨城大学に入学したとき、家族はまだ小田原近郊の金田村の農家で暮らしていた。兄、克己はギリシャ美術に憧れて、上智大学の文学部でドイツ語を勉強しつつ、ヨーロッパ文化を学んでいた。弟、征爾と幹雄は成城学園の中学生だった。ところが兄は、自分はギリシャ文化を学問として学ぶよりも、ギリシャ美術にならって彫刻をしたいといいだして、武蔵野美術大学の彫刻科を受けて、合格してしまった。彫刻の勉強では、ミロのヴィーナスなどのデッサンが重要だったらしく、終日デッサンをしていた。ぼくも脇で見ていて、デッサンということがいかに大切なのか、よく理解できた。美大で直接教えを受けたのは、当時まだ若かった清水多嘉示氏と佐藤忠良氏だった。兄にくっついてそのアトリエに行ったことも数回あった。

父はそのころ、只見川のダムによる電源開発事業に食い込もうとして、いろいろ試みていたようだが、素人にそんなことがうまくできるわけもなく、相変わらずの貧乏暮らしだった。しかし、母はどこからか九重織という簡易織物の技術を学んできて、毛糸でネクタイを作り始めた。母は元来手先の器用な人で、すぐにいいネクタイを作るようになった。そして、ネクタイの仲買人が来るようになった。それでわが家は生き延びたのだった。

ぼくは大学に進学して水戸に住んでいたが、休みに帰宅すると、母の手伝いをした。母がいろいろな色の毛糸を選び、それを順に並べて、ファイバーでできた簡易織機に通して固定する。母はその両端を自分の胴体と柱にむすびつけて、織っていくのである。固定するまでの準備段階がぼくの仕事だったが、見よう見まねでいつの間にか自分でも織れるようになった。はじめのうちは日本刀のように反ったり、幅が一定にできなかったりしたが、次第に母に負けないようなものができるようになった。

ある日、仲買人が来たとき、母は品物をたくさん売ったのだが、その中にぼくのネクタイも忍び込ませておいた。母のいたずらというか大胆さに、ぼくはすくなからず驚いた。

そのころ母は、時の流行を知るために、時々銀座のデパートめぐりをした。あるとき、ぼくもついていった。松屋のショーウィンドウに行くと、そこに母のネクタイがきれいに並べてあった。立派なところに並べてあると、ネクタイも立派に見えた。そのとき母が、「あっ、俊夫のがある！」と大きな声でいった。見ると、ほんとにぼくが織ったネクタイが麗々しく飾ってある。ぼくは他の人に聞こえるのではないかとどきっとしたが、嬉しかった。ぼくのネクタイが松屋のショーウィンドウに並んだのはこのとき限りである。あれは売れたのだろうか。

母は何年間もネクタイ作りをしていた。おびただしい数のネクタイを売ったと思う。一緒に街を歩いていて、時々、「あっ、あれわたしのよ」と小声でいうことがあった。自分のネクタイをつけている人にとても親近感を感じるということだった。ぼくら息子たちも、母のネクタイを愛用していた。今でも何本かは大事に保存している。貧乏時代の母の思い出に。

金田村から世田谷へ

ぼくは一九五一年（昭和二十六年）に東北大学文学部に編入学したのだが、その年に、家族は金田村から世田谷へ引越した。弟たちは成城学園中学に通っているし、征爾は豊増昇先生にピアノを習い始めていたので、金田村はみんなの勉強に何かと不便だと母が考えたのだろう。

移住といっても貧乏の最中なので、世田谷の二階建ての家の二階だけに住むことになった。金田村の農家は古かったが大きかった。しかし、世田谷の二階では、荷物を大量に捨てなくてはならなかった。ピアノを捨てようとはまったく考えなかったが、父が北京で軍の検閲に耐えながら私費で出し続けてきた『華北評論』という政治評論雑誌は全部捨てた。後から考えると、これは痛恨の極みだ。昭和十二年から十八年までの現地での出来事、問題点、そして父の思想と行動の記録だったのだから。幸いに東京の国会図書館には、一部が保存されているとのことだが。

世田谷の借家に着いてみると、荷物は二階に収まったものの、ピアノは入れられず、成城の知人の家に置いてもらうことになった。しかし、それは練習には使えないので、征爾は成城学園にお願いして、高等学校の音楽室のピアノを夜に使わせてもらうことになった。しかし、音楽室は森の中にあって真っ暗なので、守衛さんが鍵と一緒に懐中電灯を貸してくれたそうだ。征爾はそのおじさんにとても感謝していて、のちに指揮者としてデビューした後、コンサートにご招待したことがある。中学生の征爾にとって、守衛さんの親切は大きな励ましだったことだろう。

四拍子ってどうやって指揮するの？

征爾が中学三年生のとき、二級下の女の子たちが賛美歌を歌うグループを作り、征爾に指揮をしてくれと頼んできたそうだ。彼がピアノをしていることを知っていたのだろう。征爾はうちに帰ってきて、ぼくに

「兄ちゃん、四拍子ってどうやって指揮するの」ときいた。ぼくは、「四拍子はなあ」といって彼の右手を取り、一、二、三、四、と振り方を教えてやった。「ふーん、じゃあ三拍子は？」というので今度は、一、二、三、と三角形をかいて手を振ってやった。これが彼の指揮の始まりだった。このグループは「賛美歌グループ」と名乗り、ぼくらも参加して、だんだん本格的になり、六十余年後の今でも「合唱団城の音」として練習を重ねている。

一九五一年（昭和二十六年）、征爾は中学を卒業し、成城学園高校に進学した。彼はそのころすでに指揮の斎藤秀雄先生に師事していたのだが、桐朋女子高等学校に併設するはずの音楽科がまだ開校していないので、成城学園高校に入学して一年間待つようにいわれたのだった。しかし、音楽科受験のための勉強は指示され、ソルフェージュ、聴音などのレッスンを受けはじめた。征爾にとってはまったく初めての勉強だった。聴音は与えられた教本をぼくがピアノで叩いて、彼が聴き取ってノートに書く、という練習が始まった。「子どものための音楽教室」にも通っていた。

兄克己は芸大彫刻科へ、征爾は桐朋学園音楽科へ

兄克己は小学生のころ、母とクラス担任の先生の影響で、万葉集を愛読するようになり、その美的精神に憧れ始めた。戦後、音楽の勉強を通じてモーツァルトを知り、心酔した。やがてギリシャ美術を知り、その美的精神に万葉集やモーツァルトに通じるものを感じ、ギリシャ美術に心酔した。そういう流れのなかで自ら創作したいという強い気持ちに駆られて、彫刻の勉強を始めたのだった。彼はこの美の遍歴のなかで、

つねにその日学んだこと、考えたことをぼくに話しかけてきたので、ぼくは、半分うるさいと思いながらも、たくさんのことを学んだ。

一九五二年、兄は東京芸術大学彫刻科に入学した。彼は、武蔵野美大で清水多嘉示氏、佐藤忠良氏に師事していたのだが、そういうロダン、ブールデルの流れをくむ西洋彫刻でなく、日本の飛鳥、白鳳時代の仏像に憧れて彫刻を始めたので、日本の彫刻の師として、石井鶴三氏に師事したいと思ったのだった。そして、芸大の彫刻科を受験し、合格してしまった。二十四歳だった。ぼくら家族は驚いたが、本人はこれで本格的に彫刻に打ち込めると張り切っていた。

同じ年、征爾は一年待ったすえに、新設の桐朋女子高等学校音楽科に入学した。入学試験の口答試問のとき、母の都合が悪くて、ぼくが代理に父兄として同席した。試験官は吉田秀和、斎藤秀雄、伊藤武雄、井口基成だった。いくつかの試問の後、吉田先生が、「斎藤さんが小澤は大丈夫だといっているから、大丈夫だろう。指揮者は耳が大事だから、聴音をしっかりやりなさい」といったのが耳に残った。

末弟幹雄は成城学園の中学二年生だった。バスケットボールに熱中し、落語のまねごとをしていた。

世田谷での二階住まいは、わが家のもっとも貧しい時代だったが、四人の息子たちはそれぞれに、昔話風にいえば、「こわがることを習いにでかけ」ようとしていたのだった。

東京農大の教室暮らし

二階住まいはどうしても狭すぎるというわけで、父が誰かの紹介で、東京農大のキャンパスの一隅にある孤立した講堂のような部屋を見つけてきてくれた。その大きな部屋をカーテンで仕切って住もうというわけである。初めは戸惑ったが、慣れてくると案外使い勝手が良くて、満足だった。

ピアノが置けることになったのが一番いいことだった。しかしぼくは成城の知人の家に預けてあるピアノを、もう一度運ばなければならなかった。前にも書いたことだが、父がピアノを買ってくれたとき、横浜から立川まで兄とリヤカーでピアノを運んだ。その経験があったので、成城から経堂まで運送屋さんと運ぼうと考えた。

運送屋さんはリヤカーを引いてやってきた。ぼくは運送屋さんとふたりでピアノをリヤカーに乗せ、成城から経堂まで運んだ。成城からの道には長い下り坂と上り坂がある。下りの途中でリヤカーがゆれて、ピアノがぐらっとゆれ、ぼくは必死で支えたが支えきれなくなりそうだった。そのとき、運送屋さんが、「体がつぶれても支えろ！」と叫んだ。ぼくは必死に支えて、事なきを得た。

ぼくはそのときのおじさんの声が忘れられない。おじさんはかなりの年で、貧しい身なりの人だった。だが、必死で生きている人が、ここぞというときに発した声だったからだ。人間、ときには必死にならなければならないことがある。そういう声だったのだ。

小田急線経堂の駅から農大までは十五分くらい歩く。征爾は歩きながら、習っている曲を歌いながら手で指揮をしていた。その声が遠くから聞こえていたのだから、相当大きな声だったのだろう。手で指揮しながら歩いてくる高校生の征爾が今でも目に浮かぶ。

兄は兄で、教室の隅っこにミロのヴィーナスの石膏像を置いて、終日デッサンをしていた。平面の紙の上に、肉体の立体性を如何に描くか。それはとても難しいことなのだということをぼくは知った。兄のデッサンを見ていたおかげで、その後、人の絵を見て、デッサンができている絵かそうでないかを見分けることができるようになった。

わが家はあいかわらず貧乏だった。ぼくは長い休みで帰宅するときは、仙台で稼いだお金を持って帰り、すこし豊かな飲み食いをした。兄弟はみんなかりんとうが好きだったが、普段はそんな物を買う金はない。ぼくが帰宅すると、兄弟四人で経堂の町まで出て、かりんとうを買って帰った。そしてみんなでかりんとうを食べながら下らないおしゃべりを楽しんだものだ。先にも述べたが、これを、わが家では「経堂豪遊」と称していた。

一九五三年（昭和二十八年）、末弟幹雄が中学を卒業し、都立戸山高校に進学した。彼は静かに勉強するタイプで、いつの間にか戸山高校に合格する学力を身につけていたのだ。ぼくは東北大学の学部を卒業し、大学院に進学した。

農大から笹塚へ

一九五四年（昭和二十九年）、ぼくは仙台で在学中に、「東北大学力増進会」なるものを創設して、高校受験の模擬試験を全県規模で展開していた。このころ、わが家は農大から笹塚に転居した。

笹塚の家も小さな家だったが、それでもピアノを置く余裕があったので、ピアノをまた運び込んだ。征爾はそのころはもう斎藤先生の指揮のレッスンを本格的に受けていたので、兄弟子の山本直純さんがほとんど毎日のように来て、交代で指揮をし、ピアノを弾いていた。

兄克己は芸大に通っていた。ある彫刻を仕上げたら、石井鶴三先生から、「漢の時代の雰囲気がある」という評をいただいたといって喜んでいたことがある。

母のネクタイ作りは次第に腕をあげて、いい作品が生まれていた。従って卸売りもうまくいき、わが家の暮らしを支えていた。それでも母は父に、何でもいいから定収入のある仕事に就いてくれといっていた。そして、あるとき父は、ついに、「歯医者をやるか」といいだした。母は長いことそれを望んでいたので、父の昔の歯科医師免許証を大事に保管していたらしい。父はそれをもって手続きに入り、歯科医の復習のため、川崎大師の近くの宮川病院に就職した。約一年、そこで歯科医の仕事を復習した。

笹塚から川崎市戸手町「小沢歯科医院」

父が川崎の宮川病院に勤めることになったので、家族は笹塚を引き払って、川崎市の第二国道沿いの戸手町一丁目に家を借りて引越した。

引越しの日、征爾はレッスンにでかけていたので、引越しの役にはまったくたたなかった。われわれが夕方までに荷物を全部運び込んで、やれやれといっているときに、遠くのほうで、「おれんちどこだー、おれんちどこだー」という声が聞こえた。ぼくは何のことだかわからなかったが、兄思いの幹雄は、「あ、征爾だ」といって駆け出していき、無事、征爾を新しい家に連れてきた。

一九五六年、父は近くに狭い土地を買い、住宅兼歯科医院の小さな家を建てた。われわれ家族にとっては一九四七年、立川の家を離れて以来、九年目のわが家だった。父にしてみると一九三八年、長春での歯科医院を閉じてから、十八年ぶりの歯科医院だった。その十八年は父にとっても、日本にとっても波乱の十八年だった。そしてこの小さな「小沢歯科医院」がわれわれ四人兄弟の、それぞれの出発点になった。

この年、兄克己は芸大彫刻科を卒業し、ぼくは大学院を終えて東北薬科大学専任講師になり、征爾は桐朋学園短大の音楽科で斎藤先生の助手のようにして音楽に専念し、末弟幹雄は戸山高校を卒業して、早稲田大学文学部に入学したのだった。

「小沢歯科医院」はすぐに患者さんが来てくれて、軌道に乗った。母が助手役をしていた。ぼくたちにとっては、白衣姿の父はまったく初めてだったので、なかなかなじめなかった。あるとき、征爾が歯が痛くなって、「おれ、ほんとの歯医者さんに行ってこよう」といったのが父の耳に入って、「おれがみてやる」といわれ、結局「小沢歯科医院」の患者になったことがあった。それほどぼくらには、父と歯医者が結びつかなかったのである。

しかし、地元の人たちには優しい歯医者さんとして親しまれていたようだ。父はもともと百姓の息子で、小学校しか出ていない庶民なので、地元の人たちはそれを感じ取ってくれたのだろう。子どもたちにも好かれていた。そのころ子どもだった患者さんが、数十年経った今、ぼくの講演会などに来てくれて、「戸手町の歯医者さんにお世話になりました」といってくれることが時々ある。父も、あんなに敬遠していた歯科医復帰なのに、すっかり満足していた。そして時々、「おれが毎日人の口を覗いてるんだからなあ」といって、自分を褒めていた。大陸を駆け回っていたころのことと、今の自分を比べて、穏やかな気持ちになっていたのだと思う。

開業間もないある年の瀬、わが家も経済的にまだ余裕がなかったので、未払いの診療代を回収しなければならないことになった。父はとても躊躇したのだが、ぼくと征爾は勝手に回収に回ることにした。そのころは多摩川沿いに競走馬の厩舎があり、そこに未払いの人が何人かいたので、ぼくらふたりはそこへ行った。少しこわかったので大声で、「今晩は！」と叫んで入っていった。すると、「遅れて申し訳ありませんでした」といってすぐ支払ってくれる人もいたが、「もう少し待ってください」という人もいた。家に戻って父に話すと、父は、「もう行くな。いろんな都合があるんだから」といった。母に話すと、母は、「お父さんは払えない人からはいつももらわないのよ」といっていた。戦後、お金のことで苦労した父らしいなと思った。

開業歯科医として、父も川崎市歯科医師会に加入していた。そこでも次第に話の通じる仲間ができてきたようで、父の満州・中国時代の話を聞いてくれる人がふえてきた。酒を酌み交わしながら話は弾んだようである。ぼくらにもよく話をしてくれたが、父にしてみると、きっと、一九三二年（昭和七年）に政治の世界に飛び込んでからの自分の一生と日本の運命を振り返る日々だったろうと推察している。母はそんな父を評して、「昔に比べたら優等生よ」といっていた。

そんなある日、父は川崎歯科医師会の有志の前で、自分の大陸での活動の話をすることになった。ぼくは父に、大陸での活動記録をまとめることを前々からすすめていたのだが、実際には少しもまとめてこなかった。それで、その日は、「ぼくが一緒に行ってテープに録音しよう」といった。しかし父は、「おれが自分でボタンを押すからいい」といって、テープレコーダーを持ってでかけた。ところが、帰ってきたときには、「ボタンを押すのを忘れてしまった」といった。ぼくは、自分がついていかなかったことを深く深く反省した。千載一遇の機会を逸したのである。父自身による回想録はついに書かれなかった。

第四部　教職に就いて

東北薬科大学

ドイツ語講師

ぼくの大学と大学院時代は父がちょうど貧乏をしている時期だったので、アルバイトに明け暮れた。前にも書いたが、東北大学学力増進会を創設しておおいに稼いでいるときに、主任教授から、「君、ひとの学力増進もいいが、自分の学力増進も考えたまえ。月にいくらあったら足を洗えるのか」ときかれた。「四千円あればやっていけます」。その後すぐ私立東北薬科大学のドイツ語の非常勤講師として、週二コマの授業を持たせてもらうことになり、教授との約束通り学力増進会はすっぱりやめた。そしてグリム童話のエーレンベルク稿についての修士論文を一年かけて書きあげ、一九五六年(昭和三十一年)修士課程を修了した。同期は三人で、中村志朗君はドイツ文学科助手に、沼田俊則君は東北大教養部の専任講師に、ぼくは東北薬科大学の専任講師に決まった。

薬科大学は当時の仙台市としては北のはずれにあり、小松島という池のほとりで、文芸評論家・思想家高山樗牛の瞑想の松があり、風光明媚なところであった。学生は一クラス六十人ほどで、二クラスあった。当時は東北・北海道に薬科大学はここしかなかったので、東北・北海道全域から学生が来ていた。そしてまだ戦争の余波があって、復員してきたためにふつうの高校卒業生より遙かに年長の学生が珍しくなかった。それだけに、勉強熱心な学生が多かった。

ドイツ語の発音に慣れさせるには、ドイツの歌を歌うのが最も有効であることは経験的に知っていたので、教室で「菩提樹」「野ばら」「ムシデン」「ローレライ」などを歌わせた。ときにはドイツ語実習と称して、大学の裏手の丘の上にある愣牛瞑想の松へ学生たちを連れて行って歌ったりもした。

ドイツ語の授業は教養部の二年間だけだったが、理事長の要請で、専門課程の学生に医学ドイツ語の授業をすることになった。教科書は、クレンペラーの『内科診断学』というものを指定された。これは医学部の学生が読まされるドイツ語による入門書ということだった。ぼくにとってはまったくの専門外だったが、それなりに面白くドイツ語を読んだ。

音楽生活

薬大には幸い小さな合唱団があったので、ぼくは早速付き合いだした。やがて人数もふえ、楽しく合唱指導をすることができた。そのころ、仙台市内の七大学が連合で合唱祭を開く機運が起こり、わが薬大合唱団も参加した。

薬大の中でも合唱団の存在は次第に認められるようになった。そしてぼくはいつの間にか音楽係の教員になり、入学式、卒業式にはピアノを弾いて、奏楽担当になっていた。ヘンデルの荘重なアダージオの曲を、入学式、卒業式にふさわしく弾いたものだ。

そのころ、桐朋学園女子高校音楽科に在学していた弟征爾も、薬大の文化祭に仲間を連れてきて音楽会をしてくれた。高校生とはいえ、毎日新聞社の音楽コンクールに入賞したような人達なので、大変レベルの高い音楽会を二年も続けて聴くことができた。もちろん、征爾には薬大合唱団の練習もしてもらった。ある年には、兄克己と末弟幹雄も一緒に来てくれたので、お得意の兄弟男声四重唱を披露することもできた。

薬科大学就職と同時に、ぼくは東北大学教養部でも非常勤講師としてドイツ語を担当することになった。ここでもドイツ語の発音の実習のために、ドイツ語の歌を使った。そのうちに、歌うのが好きな男女の学生たちがぼくのアパートに遊びに来て歌うようになり、次第に小さな混声合唱のグループになった。その学生たちが二年生になったとき、新入生に呼びかけてメンバーを募集し、「東北大学混声合唱団」と名乗ることになった。学生の指揮者も生まれたが、ぼくも曲によっては指揮させてもらった。この合唱団はその後も発展を続け、大合唱団になって、先年、創立五十周年記念コンサートを開いた。

薬大時代の八年間は、東北大の合唱団を含めて、ぼくにとっては音楽の豊かな時代で、合唱曲を編曲したり、ピアノ曲を作曲したりした。後年、『昔話の語法』（福音館書店）に、昔話と音楽の共通の性質として垂直的転回の例に掲げた「メヌエット」は、このころの作品である。

ぼくはそのころ、よくギターを弾いていた。弦の和音が美しくて、それを楽しんだものだ。当時、「禁じられた遊び」という映画が評判になっており、スペイン民謡という美しい音楽に、ぼくも魅了されていた。それで楽譜を手に入れ、苦労して、弾けるようになった。そのころ、一学年上の哲学科に木田元という人がいて、時々ぼくのアパートに遊びに来てくれた。あるとき、ぼくがギターでたどたどしく「禁じられた遊び」を弾くと、木田さんが感心して、「こんな美しい民謡を歌う人たちって、どんな人なんだろうなあ」といった。そのときの木田さんの顔は何か遠くのものを見ているようで、とても印象的だった。

木田元という名前は、その後、哲学の本でよく見るようになった。特に、ドイツの哲学者ハイデガーの解釈者として名高くなり、のちに「反哲学」という言葉で西洋の哲学からの脱脚を唱え、現代日本の哲学界の重鎮といわれた。

関敬吾先生初訪問

大学院時代、成城の常民文化研究所で柳田國男先生が、千葉大学の川端豊彦教授を紹介してくださった。同じドイツ文学畑だったからだろう。その後、川端先生に関敬吾先生にお会いしたいという希望を伝えると、「では紹介してあげよう」ということだった。ところがいつまでたってもその知らせは来ない。一年以上たっても知らせがないので、茨城大学時代にドイツ語の初歩を教えてくださった関楠生先生に話した。すると関先生はそのころ東京学芸大学助教授だったので、「教授会で会うから話しておくよ」といってくださった。間もなく電話で、「話しておいたから行くといい」と指示してくださった。恩師はいつでもありがたいものだ。

関楠生先生は、高名なドイツ文学者、関泰祐先生のご子息で、若くして旧制松本高校のドイツ語教師になられ、その後、茨城大学、東京学芸大学、そして東京大学の教授を務められた。おびただしい数の翻訳をされたが、なかでもトーマス・マン晩年の大作『ファウスト博士』（岩波書店）の翻訳は、余人には成しえない大事業であった。

荻窪の関敬吾先生宅には、指定された日時に伺った。仙台の女子高事務室で見た『日本昔話集成』の著者にお会いするのは、とても緊張した。だが昔話のことになると、ぼくはなんだか嬉しくてべらべらしゃべったおぼえがある。特に、その少し前に手に入れて読んだばかりの、マックス・リュティの理論書のことをしゃべったと思う。先生はまだ読んでおられなかったようだった。

ずいぶん長い時間お邪魔して、いざおいとましようと玄関に降り、靴を履いているとき先生が、「君、日本昔話集成をドイツで出版する計画があるんだが、君やる気があるか」とおっしゃった。ぼくは勉強したい気持ちにはやっていたので、何も考えずに、「はい、やります」と答えてしまった。

その翌日から『集成』一番から翻訳を始めた。そのころはまだドイツ留学の経験がないので、ドイツ語の力そのものが怪しい。一つ一つの単語から訳語を考えなければならなかった。そのうちにはたと気がついた。「昔話の場面は、日本でもドイツでも同じような場面が多い。ならばグリム童話の文章を暗記しておけば、それをつなぎ合わせて翻訳ができるだろう」。

そこでさっそく「白雪姫」の暗記を始めた。なじみのある話だったので暗記したのだが、後から考えると、あの冒頭の部分は、日本の昔話の翻訳に役立つような場面ではなかった。それでもだんだんに慣れてきて、翻訳は進められた。

ちょうどそのころ、ベルリンから日本学専攻の女性が留学してきて関先生のもとに現れ、そのシュテフィ・シュミットさんがぼくの翻訳の仕上げをしてくれることになった。この仕事はその後何年も続けられた。

マックス・リュティの文芸理論との出会い

関敬吾先生を訪問する少し前のことだったが、新宿の紀伊国屋書店で、Das europaeische Volksmärchen, Form und Wesen（『ヨーロッパの昔話—その形式と本質—』）というドイツ語の本を見つけた。著者は Max Lüthi。—マックスリュティ。聞いたことのない名前だし、本は薄紙の表紙でノートのようだけど、題名にひかれてとにかく買ってみた。仙台の下宿に帰って読んでみると、何やらとても面白かった。難しいところもあったが、その理論はまったく新しいもので、これまで勉強してきた方向とはまったく異なっていた。昔話の文芸学なのである。創作文学の分野での文芸学は、日本文学についてもドイツ文学についても、文学部で学んできた。しかし、口承文芸である昔話について文芸学が可能であるとは思ってもいなかったので、まったく新鮮な驚きで読み終えた。

そのころ、グリム童話について小論文をいくつも書いていたぼくにとって、難しい問題があった。それは、

「いばら姫が目を覚ましたのは、王子のキスによるのか、それとも百年の呪いが解けたからなのか」という問題だった。ぼくはドイツ語の資料集をあさって広く調べてみたが、はっきりしなかった。ところがリュティがこの本のなかで展開している理論によれば、あそこは「百年の呪いが解けるちょうどそのときに王子がキスをした、その時間の一致にこのメルヒェンのおとぎ話性があるのだ」ということになるのである。一致させるというその語り方がおとぎ話を形成している、という考え方である。そういう文芸は、具象的な文芸ではなくて、抽象性という原理に立つ文芸である、というのがリュティの理論だった。

ぼくは圧倒された。そしてこの理論は、二十世紀を代表する昔話理論になると確信した。そうなると、ぜひ日本語に翻訳しなければと考えるようになったが、どうやって著者の許可をもらったらいいのか、まったくわからない。

そこでぼくは、まったく原始的な方法を試みることにした。出版元であるフランケ社あてに手紙を出すのである。

「スイス、チューリヒ市　フランケ社　マックス・リュティ様」

これだけの宛先で翻訳許可を求める航空便を出した。空振りに終わって元々、という気持ちだった。

数か月たったころ、一通の航空便が届けられた。Max Lüthi からの手紙だった。内容は、翻訳許可だった。ぼくは感動した。そしてすぐに翻訳にとりかかった。一九五八年（昭和三十三年）だったと思う。それから八年かかって翻訳したが、日本での出版社を見つけるのが大変だった。

関敬吾先生の紹介で二社を訪問し、翻訳原稿を見てもらったが、にべもなく断られた。最後に訪問したのは岩崎美術社だった。美術関係の出版物が多い会社だったが、民俗学関係の大きな双書を出していた。面会してくれた女性の社長は、原稿を預かるわけでもなく、「もし印税ゼロでよければ、出すだけは出してあげましょう」といわれた。

ぼくは、「これはもうだめだ」と絶望したが、とにかくリュティ先生に報告した。しばらくして返事をもらった。「フランケ社の社長と相談した結果、象徴的印税として、著者と出版社に翻訳書を各五冊送ってくれるなら、翻訳を認めることになった」。

ぼくは象徴的印税という言葉は初めて聞いたが、とにかく胸をなでおろした。嬉しかったが、反面、日本という国はまだ、昔話のような地味な文化については、外国の温情にすがらなければならないのだと思い知らされて、情けなかった。

日本語版『ヨーロッパの昔話―その形式と本質―』が出版されたのは、大学紛争の真っ最中、一九六九年だった。スイスでの原著の出版から二十二年が経っていた。

征爾のヨーロッパ行き

桐朋学園短大音楽科を卒業した征爾は、一九五九年（昭和三十四年）、音楽の勉強にヨーロッパへ行くことになった。わが家は、父が歯科医に復帰してまだ開業後間もなかったので、経済的に大変な出来事だった。しかし、どうしてもヨーロッパへ行って勉強したいという本人の強い意志を、音楽科を強力に支えていた、三井不動産の江戸英雄さんをはじめ、たくさんの方々が応援してくださって実現したのだった。

東北薬科大学と東北大学での征爾の合唱指揮

桐朋学園短大在学中、征爾はぼくが勤務していた東北薬科大学で、学生のための音楽会を二回してくれたことがある。大学の専務理事が「薬学の学生にも文化的素養が必要だ」というのが持論で、ぼくの弟が音楽家と知ると、彼を招いて実現した音楽会だった。征爾は音楽科のピアニストとヴァイオリニストを連れてきてくれた。ベートーヴェンのピアノソナタ「月光」やヴァイオリンソナタ「春」、そして「ロマンス」などの豪華な音楽会になった。その折、彼は、ぼくが指導している薬大合唱団の指揮もしてくれた。

二回目には、薬大だけでなく、ぼくが非常勤講師をしていた東北大の混声合唱団の指導もしてくれた。

助手の助手

征爾は指揮科の唯一ひとりの学生だったので、実質、斎藤秀雄先生の助手の役割をしていた。それにしても、オーケストラの椅子、譜面立てなどの手配やステージ上での配置などはひとりではできないので、ぼくと兄、克己も助手の助手として駆り出されること、しばしばだった。青山の日本青年館での「桐朋学園オーケストラコンサート」では、プレイヤーである子どもたちのステージでの椅子、譜面立ての運び込みから、後始末まですべてやった。

桐朋学園オーケストラが北軽井沢の小学校で夏合宿を始めたときには、椅子、譜面立てなど子どもの人数分を運送屋のトラックに積み上げ、ぼくは助手席に乗って碓氷峠を越えていった。小学校での練習場の設営は大変だった。同行した母は子どもたちの母親たちと一緒に、炊き出し係をしていた。まったく手作りの合宿だった。そのころぼくが撮った写真が残っている。合宿の合間に、ぼくはマックス・リュティの『ヨーロッパの昔話―その形式と本質―』の翻訳をしていたことをおぼえている。

ラビットスクーター

桐朋学園短大を卒業した征爾は（といっても、単位不足で同級生と一緒には卒業できなかったのだが。この点については本人が書いているのでそれにゆずることにする。『おわらない音楽』〈日本経済新聞出版社〉）、いろいろな方の援助を受けて一九五九年二月、神戸港から貨物船で出発することになった。

ぼくは仙台にいたのだが、彼の出発を手伝うために川崎に帰省した。征爾はヨーロッパをスクーターで回ろうと考えて、富士重工から、当時人気のあったラビットスクーターを借りられることになっていた。というのは、父の北京時代の同志に松尾清秀さんという探検家がいて、その方が引き揚げ後、富士重工のかなり責任ある立場にいらした。そして、若者の夢を応援しようといって社内で尽力して、スクーターが借りられることになったのである。条件は、決して事故を起こさないこと、音楽家であることと日本人であることを明示することだった。征爾は富士重工の工場で、スクーターの分解から組み立て、あらゆることを実地に教わったそうだ。ぼくも最後の確認に、征爾とともに信濃町にある富士重工の会社へ行き、借りるスクーターの各部の最後の点検に立ち会った。そして、横浜港にいる三井船舶の貨物船「淡路山丸」にスクーターを運んだ。征爾自身は、後日、神戸港で乗船することになっていた。

東京駅から出発

出発当日は、征爾が最後にご挨拶しなければならない方が幾人もいらしたので、タクシーに一日付き合ってもらった。バイオリンのジャンヌ・イスナール先生宅にも伺った。タクシーはとても親切な運転手さんで、今夜からヨーロッパに向けてでかけるのだと説明すると、好意的に行動してくれた。

夜行列車で僕とふたりででかけることになっていたが、荷物が多いので早めに東京駅に着いた。すると、合唱団「城の音」の仲間や桐朋学園音楽科の仲間など、たくさんの人が見送りに来てくれていた。作曲家の矢代秋雄さんもおられた。プラットフォーム一杯の見送りの人たちに征爾がもみくちゃになっていると、向こうから斎藤秀雄先生が歩いてこられた。征爾は走って行って先生にお礼を述べていた。先生が征爾のヨーロッパ行きには反対であることをぼくも知っていたので、心底ほっとした。先生はすぐ帰って行かれたが。

みんなの振る手に送られて列車は動き出した。征爾とぼくは、皆さんからいただいた送別の品々を三等寝台のベッドの上に広げて、整理をした。そして、ほっとしてお互い顔を見合わせたことをおぼえている。

その晩は京都で泊まった。何かと征爾を引き立ててくれた江戸英雄さんの計らいで、知恩院近くの高級旅館「土井」だった。檜の香りのする風呂に入って、彼の最後の日本の晩を味わった。

神戸港からの船出

翌日、ぼくらは神戸港に行く前に、三越に寄って買い物をした。征爾が英和・和英、仏和・和仏、独和・和独の小さい辞書を買ってくれというのである。ドイツ語の教師であるぼくは、辞書だけ買ったってしゃべれるわけがないと思ったが、最後のよりどころとしてあったほうがいいと思って、希望通り六冊を探してやった。そして、音楽家であることを明示する必要があるので、ギターも買った。

神戸港に行ってみると、三井船舶の「淡路山丸」が停泊していた。広い桟橋に見送りはぼくひとりだったが、やがて、相愛女子大学音楽科で征爾に教わったというお嬢さんが母親と共に見送りに来てくれた。

征爾が船に乗り込み、ドラが鳴った。客ひとり、見送り三人の船出だった。征爾がおどけて船から、「おれ、ちっともさみしくないやー」と強がりを叫んだ。そのときぼくは、これが当分の見納めと思って写真を撮った。

船が遠く見えなくなるまで、ぼくは手を振っていた。これからどうなるのか、とても不安だった。このときの征爾は、昔話風にいえば、「こわがることを習いに」でかけたのだと思う。そしてぼく自身も数年後、ひとりでシベリアを越えてドイツに向かったのだった。

旅からの葉書

最初の葉書はマニラから来た。そのころの通信手段は葉書のみである。船旅を楽しんでいる様子で、まずは安心した。次はインドのニューデリーからだった。船の滞在中に、市内でチェロのコンサートを聴いたと書いてあり、一応余裕のある旅をしているのだなと思った。それからまた何週間かたって、マルセイユに上陸との葉書が来た。ぼくは、「いよいよこれからスクーターだな」と思って緊張した。

ところが、その葉書の後は音信不通になった。ずいぶん長い間だったと思う。ぼくは、スクーターで何かあったのではないかと、本気で心配した。そのうちに、パリに着いたという葉書があり、やっと安心した。父も母も安堵した。それからは、わりに頻繁にパリでの生活の成り行きを知らせてくれて、われわれ家族は安心した。

その後の便りに、ブザンソンというところで指揮者のコンクールを受けると書いてあった。そして、すぐに、優勝したといううれしい葉書が来た。われわれ家族は、これで勉強が進むだろうと思った。そのうちにぼくは下河辺牧場の娘、牧子と結婚した。牧子とは合唱団「城の音」でのコーラス仲間だった。慶応大学心理学科を卒業し、一年経っての結婚だった。ぼくの勤務先も東京の日本女子大学に移った。

ニューヨークフィルと帰国

その後征爾はヨーロッパでの音楽活動が少しずつできるようになり、時々その様子を葉書で知らせてくれた。といっても、まるで電報のような短文だったが。そして一九六一年（昭和三十六年）四月、征爾はバーンスタインの助手として、ニューヨークフィルと共に羽田空港に戻ってきた。父も母もとても喜び、家族みんなで羽田空港に迎えに行った。

タラップが開くと、バーンスタインと一緒に征爾が現れた。地上に降り立つと、バーンスタインは征爾の肩を抱いて一番前に出てきて、出迎え桟橋にいるぼくらを見上げた。征爾がぼくらを指さしてバーンスタインに何かいっていた。「あれが父、あれが母」といっているようだった。バーンスタインがぼくらのほうに盛んに手を振ってくれた。あたたかい人だなあと思って、胸が熱くなった。

バーンスタインは、忙しい仕事の合間を縫って、川崎・戸手町のわが家まで来てくれた。もうほとんど暗くなっていたが、わが家に着くや否や、父の診察室を見てすぐに奥の居間へ行き、庭を見たいという。征爾がニューヨークで、「うちにはジャパニーズガーデンがある」と話していたらしい。居間の障子を開けると、確かにジャパニーズガーデンはあったが、それはほんの数坪の、箱庭の庭のようだったのだ。それでも母は花が好きなので、小さい庭はよく手入れされてあった。バーンスタインは「オー、ジャパニーズガーデン！」と、賛嘆の声を上げてくれた。帰り際には、母に感謝の頬擦りをしようとしたが、母は逃げ回っていた。

ニューヨークフィルが日本演奏旅行を終えて帰国した後も、征爾はひとり残って、指揮者としての活動を始めた。といっても、まだマネージャーが決まっていなかったので、コンサートでの身のまわりの世話は全部ぼくがやった。文京公会堂でのコンサートのとき、楽屋に入ったが飲み物がないので、ぼくが町の自動販売機を探しに出た。しかしそのころはまだ自動販売機というものができはじめたばかりで、公会堂の周りにはなく、ずいぶん遠くまで走って、やっと見つけたことがあった。

音楽会のワイシャツ

当時の彼の拠点はといえばまだ戸手町の小沢歯科医院で、コンサートにでかけるにも、ぼくら兄弟の誰かが、わが家のブルーバードで送り届けるのだった。

そのころ、ベルリン国立歌劇場のオペラ公演があり、一晩だけ、征爾の指揮によるシンフォニーコンサートが開かれることになった。征爾は晴れの舞台と思ったのか、母に「ワイシャツを買ってきて」と頼んだ。母は町へ出て買ってきた。コンサートへの身ごしらえを始めた征爾は、母が買ってきたワイシャツを着てみて、「こういう襟じゃなく、もっと細長くとがった襟のがよかったのに」と文句をいいだした。買いなおしてきてくれという雰囲気だった。ぼくは、時間はないし、はらはらした。

そのとき、父の雷が落ちた。「征爾、お前はワイシャツで音楽をやるのか。そんな音楽ならやめちまえ！」

父は普段穏やかな人で、こんな怒鳴り声は聞いたことがない。征爾は「ワーッ！」と泣き出して二階の自分の部屋へ駆け上がって行った。

ぼくは、突然、征爾がとてもかわいそうに思えて、二階に駆け上がり、ベッドであおむけになって歯を食いしばって泣いている征爾に抱きついて、「大丈夫だ、大丈夫だ」といったことをおぼえている。何が大丈夫なのかわからないが、とにかく今夜のコンサートが心配で、征爾が指揮できないほどのダメージを受けることを案じたのだと思う。

父は虚飾を嫌う人だった。本質が大事なのだった。その人生観は、北京時代から敗戦後の貧乏時代を通じて一貫していた。それはぼくたち息子どもに決定的な影響を及ぼしたと思っている。征爾もこのことは今でも忘れられないといっている。

その晩の、日生劇場でのベルリン国立歌劇場管弦楽団演奏会は素晴らしかった。征爾の指揮は生き生きしていて、胸のすくような演奏だった。終わってから楽屋で見たら、ワイシャツは母の買ってきたワイシャツだった。

昔話研究の開拓者、関敬吾先生のこと

岩波文庫版日本の昔ばなし三冊『こぶとり爺さん・かちかち山』『桃太郎・舌きり雀・花さか爺』『一寸法師・さるかに合戦・浦島太郎』を読んだ方は、編者としての関敬吾の名前をご存知であろう。関敬吾は柳田國男の、昔話研究面での片腕として、長年業績を挙げた方である。現在読み聞かせや語りに使われる再話昔話のもとになっている昔話資料集のほとんどは、関敬吾の業績の上に成り立っているといっても過言ではない。そればかりか、日本昔話の研究を世界的規模の研究のなかへ引き出していったのも、関敬吾の功績である。

関敬吾先生は、ぼく自身の昔話研究の師でもある。ぼくは大学院を出た直後、柳田國男先生にお目にかかったころに、初めて関敬吾先生の門をたたいた。それから一九九〇年（平成二年）に亡くなられるまで、約三十年間ご指導いただいた。その思い出をこめて、研究者関敬吾の仕事を紹介したいと思う。

関敬吾は一八九九年、島原半島生まれ。一九二〇年、東洋大学入学。当時の名称では、専門学部文化学科。一九二三年卒業。東京大学図書館勤務。その間に柳田國男の門下に入り、一九二八年から、柳田の主宰する雑誌『旅と伝説』に、榊木敏のペンネームで、「伝説の島原」とか「高陽民話」を連載し、故郷の伝承を紹介

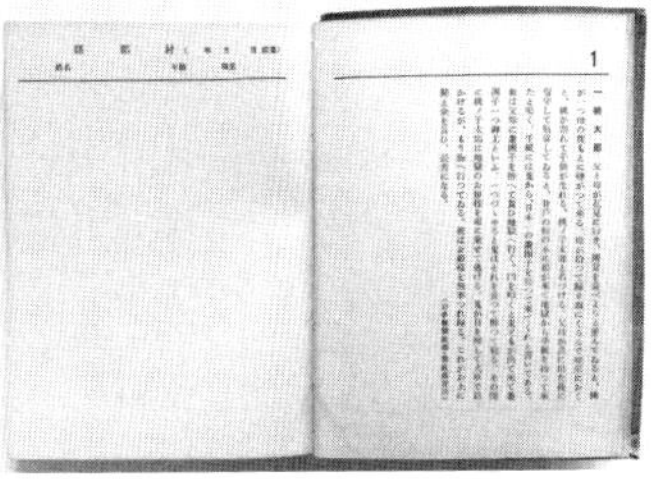

右頁に要約、左頁は余白

関先生から頂いた採集手帖

し始めた。それは一九三五年になって、『島原半島民話集』としてまとめられた。「民話」という用語は第二次世界大戦後、木下順二の民話劇で知られるようになったが、初めて使ったのは関敬吾だった。

そのころ柳田國男は、全国の民俗学愛好者に、身近に伝えられている昔話を記録するよう呼びかけていた。関敬吾は、昔話調査の面で柳田の右腕として活動していたので、一九三六年には、柳田國男・関敬吾共編で『昔話採集手帖』を刊行した。

これには、柳田の「昔話を愛する人に」という序文があり、昔話を語られたままの文章で記録することの重要性が説かれている（この文章は、『定本柳田國男集』に収められている）。そして、日本の代表的な昔話、百話が要約されて見開きの右ページに掲載されていて、左ページは余白になっている。ここへ、自分が聞いた話を書き込んで、柳田・関のところへ返送してくれ、というやり方であった。これがきっかけで、各地の民俗研究者から、次第に昔話の聞き書きが寄せられるようになったのだが、関敬吾の話では、この『昔話採集手帖』そのものは、ほとんど返送されてこなかったそうである。関先生は「多分、ここに書かれている昔話が面白かったからだろうな」といっておられた。

同年、関敬吾は柳田の主宰する雑誌『昔話研究』に「独逸に於ける昔話研究」という一文を発表した。これは、ドイツの昔話研究をまとめて紹介した最初のものである。関は東洋大学でドイツ文学と哲学を専攻したようで、ドイツ語が読めた。それで柳田は、ドイツ関係の文献は関に読ませたようである（因みに、柳田は国際聯合でフランス語で演説をしたということだから、フランス語と英語はできたようである）。この後毎年、ドイツの昔話研究の動向や、ルンプという人のドイツ語版『日本の昔話』の紹介などを続けた。一九四〇年（昭和十五年）、フィンランドの民俗学者、カールレ・クローンの『民俗学方法論』の翻訳を、岩波文庫で発表した。これは、柳田がフィンランドで新しく生まれた歴史的・地理学的研究法に興味をもち、関敬吾に翻訳を薦めたものだそうである。

歴史的・地理学的研究法というのは、たくさんの言語を駆使しなければならないので、日本では根づかなかった。しかし関敬吾自身は、のちにこの方法をなぞりつつ、昔話カタログだけで昔話伝播の流れを追う方法を考案し、大きな功績を残すことになった。

日本海軍による真珠湾攻撃の年、即ち一九四一年の翌年には、柳田と共著で『日本民俗学入門』を出版した。この年までは、関敬吾はたくさんの論文や書評を発表してきたのだが、第二次世界大戦が始まってからは、研究に強いブレーキがかかった。

戦争中は紙が配給制になり、本を作ることも次第に困難になった。そんななか、柳田國男編の『全国昔話記録』だけは、刊行が続けられ、全部で十三巻に達した。戦後、私が昔話調査をしているうちに、あちこちで耳にしたのは、戦地の夫や息子に慰問袋を送るとき、『全国昔話記録』をいっしょに入れたという話である。戦地にいる兵士たちにとっては、故郷の昔話を読むことは、何よりの励ましになったことだろう。そういう効果があるので、このシリーズの出版はかなり長く続けられたのかもしれない。戦争指導者は、あらゆるものを戦意向上のために利用したのである。

第二次大戦の敗戦後、関敬吾は、マッカーサー司令部の民間統括部門であるＣＩＥ（民間情報教育局）に勤務していた。アメリカは戦争中にも日本研究を続けていたが、日本占領期になっても日本人のものの考え方を知るために、民俗調査を続けていたのである。関敬吾は、ＣＩＥの仕事として、沖縄へも調査に赴いた。後年、もう一度沖縄へ行ってみたいといわれ、遠藤庄治氏の指導する沖縄民話の会の世話で、沖縄旅行をされたことがある。ぼくも同行したのだが、沖縄本島の各地をまわって、大変感慨深げだった。

昔話研究者として本格的に活動し始めたのは、やはり戦後数年経ってからのことである。一九五〇年、『日本昔話集成』第一部動物昔話を発表した。これは第二部本格昔話三巻、第三部笑話二巻と続き、全六巻が完成したのは、一九五八年だった。この『集成』がその後の日本昔話研究の基礎になっていった。冒頭に挙げた岩波文庫の昔ばなし三冊は、この仕事の間に刊行されたものである。

『日本昔話集成』の三部構成は、世界共通の昔話カタログとして通用している、アールネ・トムソン共著、『昔話の話型カタログ』の三部構成にならったものである。各話型の実例は、要約でなく全文で示されている。この点が、『昔話採集手帖』と異なるところである。全文の後に、当時集められてあった全国の類話を、ごく短く要約して並べてある。これによって、その話型の国内における分布を、概略ではあるけれど知ることができる。これは、昔話研究にとって画期的なことだった。集めることで精一杯だった昔話を、全国的な目で見ることができるようになったのだから。

関敬吾は、日本昔話全体の分類を重視していた。彼は生涯で二回、分類案を提示している。その第一回がこの『日本昔話集成』（全六巻）だった。

第一部　動物昔話
一　動物葛藤、二　動物分配、三　動物競争、四　動物餅競争、五　猿蟹合戦、六　勝かち山、七　古屋の漏、八　動物社会、九　小鳥前世、十　動物由来。
第二部　本格昔話
十一　婚姻・美女と獣、十二　婚姻・異類女房、十三　婚姻・難題婿、十四　誕生、十五　致富、十六　呪宝、十七　兄弟譚、十八　隣の爺、十九　大歳の客、二十　継子譚、二一　異郷、二二　動物報恩、二三　逃ざん譚、二四　愚な動物、二五　人と狐。
第三部　笑話
二六　愚人譚、A　愚か村、B　愚か婿（息子）、C　愚か嫁（女）、D　愚かな男、二七　誇張譚、二八　巧智譚、A　業較べ、B　和尚と小僧、二九　狡猾者譚、A　おどけ者、B　狡猾者、三〇　形式譚。補遺。

この分類案は、その後日本中の昔話調査活動において、全面的に活用された。そして昔話資料集では、掲載した話の末尾に、例えば「集成　二四三番」という具合に話型番号を入れるようになった。

関敬吾はこの分類の後、分類の改善案を考え、『日本昔話集成』第六巻の末尾に、「昔話の型」として発表した。これが第二回目の分類案である。ぼくがご本人から聞いたところでは、自分としてはこの改善案のほうがいいと思うが、『日本昔話集成』番号が普及してしまったので、全体的な変更はもはや不可能だろうと思う、とのことだった。ぼくはのちに「昔ばなし大学」なるものを全国で開講することになったのだが、その基礎コースのカリキュラムの中に、「話型と分類」という項目を立て、この「昔話の型」を教材としている。『日本昔話集成』は、その後の資料増加に応じて、『日本昔話大成』（全十巻）として増補・改版されたが、分類番号は変更されなかった。

『日本昔話集成』が生まれたのは、大変な苦労の末だった。柳田を中心とした全国の民俗学（当時は土俗学ともいった）に関心のある人が、一九三〇年（昭和五年）ごろから、身近なところで聞き書きした昔話が次第に集まってきて、雑誌『旅と伝説』や『昔話研究』に発表された。それには、前述の『昔話採集手帖』も役に立った。かなりの数が集まったところで、柳田國男編『全国昔話記録』全十三巻が刊行されたわけである。しかし、一九四三年（昭和十八年）ごろから、東京はアメリカの爆撃機による空襲を受けるようになった。世田谷区成城にあった柳田の私邸の一隅に建てられていた「常民文化研究所」でも、民俗学の貴重な資料を避難させなければならなくなり、柳田の門弟たちが手分けしてリュックサックに詰めて、汽車に乗って田舎へ運んだそうである。運び先は一箇所ではなかったようで、信州へ運んだという例を聞いたことがある。

幸い常民文化研究所は戦災を免れ、敗戦後、資料は持ち帰られた。関敬吾は、これらの資料と『全国昔話記録』によって、『日本昔話集成』を作ることができたのである。作るといっても、その作業は困難を極めたそうである。関敬吾自身から聞いたところでは、当時はまだ複写機がなかったので、すべての資料を手で書き写したそうである。『全国昔話記録』のように本になっているものは二冊手に入れて、ページを破いて原稿用紙に貼りつけていったとのことだった。敗戦直後の貧しい時期で、いかなる機関からの援助もなかったので、この作業は関敬吾先生自身と娘さんがしたそうである。『日本昔話集成』は日本における昔話研究の基礎となった六巻なのだが、娘さんの貢献が非常に大きかったのである。

『日本昔話集成』刊行開始の二年前、一九四八年には、柳田國男が『日本昔話名彙』を発表した。柳田はそこで、独自の日本昔話成立理論に基づき、日本の昔話を、完形昔話と派生昔話に分類した。これは世に、柳田の二分類説とよばれているが、関敬吾はそれにたいして『日本昔話集成』の中で、日本の昔話を動物昔話、本格昔話、笑話と、三つの群に分類した。これは、関敬吾の三分類説とよばれている。三分類は国際的にも通用している分類法で、これによって、日本の昔話研究は世界のそれと同じ土俵に立つことになった。その功績は絶大である。しかし、関敬吾の最晩年、彼から打ち明けられたところによると、この食い違いが柳田と関敬吾の間を裂くことになっていった。

前述したが、ぼくが東北大学の大学院時代、宿直のアルバイトをした女子校の事務室で読んだのがこの『日本昔話集成』だったのである。第二部本格昔話の（一）だったと思う。そのとき関敬吾という名前を初めて知った。卒業論文でグリム童話の成立史を扱ったので、日本の昔話にも興味をもちはじめ、柳田國男の本を読んだりしていたので、「こんな大きな仕事をしている人がいるんだ」と、驚いたことをおぼえている。

一九五四年から関敬吾は、千葉大学のドイツ語教師だった川端豊彦氏と共訳で、『グリム童話集』を角川文庫から出版している。これは実際には川端氏が訳したようだが、一九六三年まで、九年かけて全六巻になった。

関敬吾自身は『日本昔話集成』を作ったことで、昔話についての識見が深まり、広まったようで、本格的な研究を次々に発表していく。「昔話の宗教的基礎に関する覚書」（一九五三）、「昔話の分布―特に昔話・笑話・動物譚」（一九五九）、「婚姻譚としての住吉物語―物語文学と昔話」（一九六二）、「昔話・伝説と本地物語」（一九六七）などである。

ここでは取り上げないが、関敬吾には、民俗学に関する論文がたくさんある。昔話研究分野での関敬吾の特質は、昔話の話型や分類などの理論的論考と、日本昔話の源流についての研究にあるといえる。

日本女子大学

スキー教授法の応用

マックス・リュティの『ヨーロッパの昔話―その形式と本質―』の翻訳をしている間に、ぼくは東京の日本女子大学にドイツ語担当の助教授として奉職した。ドイツ語の教え方については薬科大学時代にいろいろ工夫して、自分なりの方法を確立していた。その方法とはスキーの教授法からヒントを得たものだった。

ぼくは大学在学中は貧乏で稼ぐことばかりしていたが、薬科大学の教員になってからスキーに熱中した。伏見士郎という体育の先生と、スキーの好きな薬学の高瀬助教授がいて、ふたりについて行って教えてもらった。仙山線に冬季だけスキー場の停車場ができるので、ほとんど週末ごとに滑りに行った。ある年は、五月になってもやめられず、三人で仙山線の山奥まで登って行って、残雪で滑ったことがあった。

そのうちに結婚したのだが、妻も学生時代から滑っていた人なので、今度はふたりで滑りに行った。大学が試験期になるとスキー場がすくので、その時期にはかなり長期間、蔵王の山小屋に滞在した。そして自分の試験の前日、妻とスキーを山小屋に残してぼくだけ仙台に戻り、試験が終わるとそのまま蔵王に上がって、山小屋で採点をしたものだった。

そのうちに、大学教員でつくる「スカブラクラブ」というスキー研修クラブに紹介され、そこでみっちり仕込まれた。当時はオーストリアスキーが全盛で、極めて理論的な教授法だった。

まずはウェーデルンを目指すのだが、その動きを分解して、基礎の動きから順に訓練するのである。ウェーデルンというドイツ語は、犬が尻尾を振ることをいうのだが、その動きを分解する。まず、スキーのテールを上げることとの練習。次にスキーをハの字に開いて滑る、いわゆるボーゲン（弓）の練習。次に、片方のスキーにもう一方のスキーをそろえる練習。つまり斜滑降に入る練習。それを左右くり返す。次に、右斜滑降から左斜滑降に体をひねる体重移動の練習。この各段階を入念に練習していけば、ウェーデルンが自然にできることになる。

ぼくはドイツ語の教授法にこれを取り入れたのである。ドイツ語の名詞には男性、女性、中性の三種類があり、日本語でいう「てにをは」は名詞の格変化によって示される。その名詞の性と格変化は冠詞によって示される。その冠詞には英語と同じく、定冠詞と不定冠詞がある。冠詞と名詞の間に形容詞が入る場合、形容詞の格変化はその前に定冠詞があるか不定冠詞があるか、何もないかによって異なる。

名詞の格変化は日本語の「てにをは」なのだから、これができないとまったく歯が立たないことになる。ぼくはそこにオーストリアスキーの教授法を活用した。まず定冠詞の格変化を完全におぼえさせる。次に不定冠詞の格変化を。それができると、次に男性、女性、中性の名詞と結びつける。それが自由にいえるようになると次に形容詞を入れる。その大きな本を、そのよい友達に、その美しい花の、など。

それが自由にいえるようになると次に、不定冠詞をつけた形容詞と名詞の練習。一本の大きな木を、一人のよい友達の、一本の美しい花をなど。そこまでが完全にできたら、前置詞とともに使う。ドイツ語では格支配といって、その前置詞の後にくる名詞、代名詞は何格でなければいけないと決まっている。そこで、その大きな本の上に、そのよい友達のために、その美しい花のそばに、などくり返しいわせる。一時間の間に何回も当てられるから、学生たちは眠っていられなかっただろう。だが、これに動詞をつければもう立派な文章になってしまうのである。そのよい友達は、その美しい花を、一冊の大きな本のそばに置く、という具合に。

この教授法は効果を上げたと思う。日本女子大学ではドイツ語専攻の学科はなく、いろいろな専攻の学生が履修していたのだが、特に大学院進学の学生にとっては役に立ったと思う。のちに筑波大学に移ってもこの教授法で授業した。そして、同僚たちと共同で『筑波大生のためのドイツ語教科書』なる書にまとめたことがある。この教授法でやれば、受講者がこちらの要求についてきてくれさえすれば、確実に早く習得できるので、今でもやってみたい気持ちに駆られる。

大学紛争の時代

一九六七年(昭和四十二年)ころから各地の大学で、大学紛争が起き始めた。大学の研究が企業に支配される傾向になったので、それへの抵抗、大学の自治を守ろうという学生からの問題提起だった。日大、東大など激しい闘争になっていた。日本女子大も例外でなく、いわゆる民青系のグループがあったし、革マル派、革共同など、いわゆる三派のグループもあった。自治会の執行部獲得の争いは激しかった。ぼくは、そのころ学生部の副部長に任命され、学生との折衝の窓口になってしまった。

学生部長は高橋憲子教授という、独特のパーソナリティーの持ち主だった。強い性格の人だったが、案外情にもろく、物わかりのいいところもあって、自治会や三派の学生たちとは、激しくやりあいながらも、どこか通じ合えるところがあった。

紛争が激しくなる前、日本女子大学は有賀喜左衛門という高名な社会学者を学長に迎えた。常務理事には高島忠雄という人が着任した。大学紛争が激しくなる前にこのコンビが生まれたことは、日本女子大にとって大きな幸運だった。おふたりとも、学生が荒れに荒れても、少しも判断に乱れがなく、冷静に、そして進歩的に対応されたからである。

学生たちはしばしば、学長との団体交渉を要求してきた。われわれ学生部はそのたびに、学生代表と予備折衝をしなければならない。高橋学生部長は張り切りすぎて、揚げ足をとられたりして紛糾することもあったが、有賀学長は団体交渉を一度も拒否したことはなかった。よその大学では、大学側が団体交渉を拒否したために余計に紛糾するところがあったのだが。

大教室での団体交渉となると、各派が功名争いの気分になるのか、激しく学長を追及してきた。学長は丁寧に答えているのだが、学生は学長めがけて押し寄せてくる。あるとき、机も押し倒さんばかりにせまってきたので、ぼくは学生の腕をひねって撃退したこともあった。

有賀学長は学生の大学改革についての要求に真正面から向き合い、受け入れられるところはなるべく受け入れようという姿勢だった。従って、教授会は長時間に及んだ。教授会のメンバーには、廣田寿子、亀山健吉、宮村光重、清水知久、青山吉信、源了円など、それぞれ専門分野では名の通った研究者がたくさんいたし、全体として学長への信頼感を基盤としてよくまとまっていたので、真剣な、実りある討論を重ねた。

あるときの団体交渉で学長が、学生への回答を翌日の正午までに出すことを約束した。その直後から教授会が始められ、討議は夜十時を過ぎてしまった。それから、教授会の討議を踏まえて学長の回答をまとめることになった。その起草のために、学長が三人の教授を指名した。亀山教授、宮村教授、それにぼくが指名された。

その夜は、早稲田の旅館で、三人で朝までかかって起草作業をした。その夜の作業のなかで、ぼくはふたりの先輩教授の文章の作り方を見て、日本語を正確に書くとはこういうことなのだと、深い感銘を受けた。その夜学んだことが、現在の再話作業にも影響を及ぼしていることは確実である。

有賀学長の言葉

教授会は夜十時を過ぎることがしばしばだった。そんなとき、ぼくは相模原の自宅まで帰るのは遠いので、川崎駅のほうに住んでいる両親の家に帰ることがあった。そんなあるとき、学長が、「小澤さん、川崎に帰るなら東京駅まで学長車で一緒に帰りましょう」といってくださった。ぼくは恐縮しながらも乗せていただいた。すると、乗っている学長車が大学の門を出た途端、学長は、「今出している著作集だけどね」といって、ちょうど刊行中だった『有賀喜左衛門著作集』の話を始めたのだ。「あそこはねえ、こう説明しているんだけど、どうもうまくないねえ。小澤さん、どう思う？」

社会学の論文なので、ぼくは門外漢だが、ついさっきまで大学改革のややこしい問題を教授会で激しく議論していたのに、大学の門を出たとたん、学者に戻って学問の話をする。「学者ってこういうことなのだ」と、ぼくは衝撃を受けた。「自分の学問に真正面から向き合っているからこそ、学生の突きつける難問にも誠実に向き合えるんだなあ」とぼくは深く納得し、学者であり学長である有賀喜左衛門を、改めて尊敬するようになった。有賀学長の身近であの大学紛争を経験したことは、ぼくにとってはかけがえのない、人生の貴重な一コマであった。

大学紛争のなかの学生たち

ぼくは学生部の副部長だったので、自治会の執行部である民青系の学生ばかりでなく、革マルなど三派の闘士たちとも、つねに議論し合った。彼らの主張は、ほとんどが、伝統ある女子大学の改革で、そこには受け入れられるものもあったし、そうでないものもあった。有賀学長および教授会の雰囲気はかなり柔軟で、結果的には学生の主張による改革が相当に進んだといえる。例えば、教員が自由に、自分の興味のあるテーマでゼミナールを開くことができるようになった。それによって、一般教育課程に所属する語学担当教員も、カリキュラム上要求される語学の授業以外に、自分の専門分野のゼミナールを開くことができるようになった。ぼくがドイツ語以外に昔話のゼミナールを開けたのは、この改革のおかげだったのである。

ある年の秋の学園祭。よその大学では学園祭が開催できないところが多かったのだが、日本女子大ではわれわれ学生部と自治会執行部の民青系の学生との綿密な打ち合わせのもと、開催にこぎつけた。そして丸二日の期間、自治会執行部の学生たちとぼくは、つねに会場を巡り歩いて、トラブルが起きていないか、気を張っていた。

幸い何事もなく学園祭は終わった。学生たちとぼくは、また全会場を見て回り、異常がないことを確かめたのだが、もうそのころは学生たちもぼくも、身体的、精神的にくたくたに疲れ果てていた。それで思わず、学園のシンボルともいわれているゆりの木の下のベンチにみんな並んで腰かけてしまった。しばらくは無言のままだったが、一息ついて上を見上げると、大きなゆりの木の葉が風にそよいで、とても美しかった。ぼくは気分も晴れて、思わず、「ゆりの木、きれいだなあ」とつぶやいた。

するとみんな口が解けて、ゆりの木について今まで感じてきたこと、今日あった出来事などを楽しく語り合った。そこにはもう執行部も副部長もなくて、ゆりの木に抱かれた仲間たちだけがいた。忘れられない一瞬である。あの学生たちは、今どうしているだろうか。

学生自治会執行部は民青系の学生が握っていたが、革マルの学生も強力に活動していた。学生部としてはつねに問題をぶつけられて、それに対応しなければならなかった。学生部の部屋で、高橋部長と小澤副部長がつるしあげられるわけである。攻めてくる革マルの中心にKという学生がいた。彼女はぼくのドイツ語を二年間受講していた。授業にはまじめな学生で、ドイツ語の学力もついていた。ところが、学生部で渡り合うときには、まったく別の学生になっていて、ぼくらに論調鋭く突っ込んでくるのだった。ぼくもドイツ語の学生としてでなく、大学への批判者として論争した。とてもシャープな頭脳の持ち主だった。

ぼくはこういうとき、状況を区別して付き合うのが好みなので、闘士としての彼女とドイツ語の学生としての彼女をはっきり区別して付き合っていた。彼女もその方式に納得しているようで、ドイツ語の授業ではまったくふつうの学生だった。

彼女が四年生の最後の授業のとき、ぼくが、「Kさん、あなたは最後だからやるか」といって当てると、彼女は、「はい」といって、ドイツ語の文章をきちんと訳してみせた。ぼくはとても嬉しかった。授業はきちんと準備していたのである。

頭脳明晰で、世の中に対して鋭い批判精神を持っている学生だった。今、この右傾化甚だしい日本に対しても、彼女がどこかで鋭く批判していることを期待している。

第五部　初めてドイツへ

こわがることを習いにでかけたこと

『ヨーロッパの昔話―その形式と本質―』の翻訳をしている間に、ぼくは仙台の東北薬科大学から東京の日本女子大学にドイツ語教師として転勤した。一九六三年（昭和三十八年）だった。

まもなく、関敬吾先生から、「ドイツのクルト・ランケ教授がメルヒェン・エンサイクロペディー（百科事典）のために日本の昔話を翻訳する人を探している。君、行くか」といわれた。ぼくはやってみたくて仕方がなかったので、日本女子大学の大橋広学長にその話をしてみた。すると学長は、「では私学振興会に話してみよう」といわれた。話はとんとん拍子に進み、年末年始の休みを中心にして、年度の終わりまで五か月ドイツ滞在ができることになった。

最初の子ども淳が生まれてまだ十一ケ月のころだった。征爾は、「子どもも連れていくといい」といってくれたが、一歳にもなっていない子を連れていくのは大変だし、心配だったので、子どもは妻にまかせてでかけることにしたのだった。

一九六六年クリスマス直前、ぼくは横浜港から、ソ連の客船ナホトカ号で、初めてのドイツへの旅に出た。目的は、西ドイツ・ゲッティンゲン大学民俗学研究所で、クルト・ランケ教授が編纂《へんさん》を始めた『メルヒェン百科事典』のために、日本の昔話資料を翻訳することだった。

ドイツへ行く道順として、ぼくは横浜からナホトカへ船で渡り、ハバロフスクまでシベリア鉄道で行き、そこからモスクワまで飛ぶことにした。シベリアというところを見たかったからである。シベリア全行程を鉄道で行くと一週間以上かかるので、ハバロフスクからモスクワまでは飛行機にした。モスクワから先は、ナポレオンとヒトラーが敗退した距離がどれ程のものであったのかを体験したくて、ポーランドのワルシャワまで汽車で行くことにした。ワルシャワからベルリンまでは飛ぶことにした。そういう旅行だった。

ぼくは北京育ちなので、日本との間の船の旅は何度も経験していたが、大戦争とその後の貧しい時代をくぐり抜けてからの、しかも一人旅には、ひどい緊張があった。その年の二月に長男が生まれていたので、十一ヶ月の赤ん坊を妻に託しての旅立ちであることも、緊張を増幅した。

家族や友人たち、それに日本女子大の教え子たちが横浜港で見送ってくれた。船はソ連船なので、船の中は別の国だった。食卓にでてきた砂糖が、茶色の岩のかけらのようだった。船には、二十人近くの日本人客がいた。

いよいよソ連上陸

ナホトカの港に接岸するとき、まわりの荒涼とした丘が、別の国という感じを強く抱かせた。働いている男たちも、すべて日本人ではなかった。戦争中、敵として考えていたソ連人が目の前にいるのが不思議だった。共産国であるためか、アメリカ人とは異なる感じがした。

ナホトカからすぐにシベリア鉄道に乗った。ハバロフスクまで十九時間かかったように思う。まわりの景色は、行っても行っても針葉樹の森だった。雪でおおわれて、白一色の世界だった。

たまに駅に停車した。いったん停車すると長いこと動きださなかった。駅のまわりにだけ民家があり、すべて雪でまっ白だった。ぼくは停車すると駅へ降りてみた。暗い駅のホールがあり、村人たちが集まってストーブにあたっていた。みんな、われわれ旅行者を珍しげに眺めていた。脇に粗末なテーブルを置いた駅の食堂があった。ぼくは、人々がどんなものを食べているのか、レストランに入ってみた。しかし、固いパンのようなものしか売っていなかった。それを買ってみたが、戦争中の乾パンの粗雑なものという感じだった。

トイレに行ってみた。男用のところはただ溝があるだけだった。大用のところも、穴があいているだけで、それも汚くつまっていた。そして、境界の壁はなく、ただ穴が並んでいるだけだった。

その後、ドイツに入ってからも、ぼくはトイレに興味があった。そこには人々の日常生活が、かくさず表れていると思う。のちにオーストリアのチロルでは、日本と同じ落とし便所があることを発見するまでになった。

ハバロフスクでは、バスによる町巡りの観光ツアーが設定されていた。通訳は日本語科の女子学生だったが、下手な日本語で、こちらが相当勘を働かせないと理解できなかった。

民俗博物館を訪ねた。狩猟道具のなかに、シャーマンの衣裳が展示されてあった。大男らしく、大きな服で、立派な刺繍がしてある、堂々とした服だった。昔の、信仰と政治の支配者という感じを強く受けた。

アムール河へも連れていかれた。晴天だったが外気はマイナス二十八度とのこと。三分も外にいると耳がちぎれそうに痛くなった。バスの運転手がミンクの防寒帽を貸してくれた。河へ行ってみると、あちこちに小さい氷の壁ができていて、それを背にして、男たちが魚の穴釣りをしていた、氷をレンガ型に切り取って積み上げ、防風壁を作り、それを北側の背にして南向きにすわると、結構暖かいらしい。まっ白に凍りついたアムール河のあちこちに、氷の防風壁が見えた。寒い国の人は寒さを楽しんでいるのだと思った。

気温はマイナス二十八度というのに、通訳は、「今日は割に暖かいほうです」とこともなげにいっていた。マイナス二十八度とマイナス三十度の違いが感じられるものなのだろうか。

ハバロフスクからモスクワまでは、ソ連の国営エアロフロート社の飛行機で飛んだ。プロペラ機による長距離飛行の最後だった。約九時間かかったと思う。機内はプロペラの轟音で、とても疲れた。ドイツ語のできるステュワーデスと話したが、聞き取るのに苦労した。話している間、水がポタポタとたれてきた。あれは何だったのだろうか。まさか、外の氷が溶けて機内にたれたのではないだろうが。とても無気味だった。

モスクワに着き、ホテルまで連れていかれたが、ホテルでは部屋がないとかで、ロビーに長時間待たされた。待っているのに、ホテルの人もソ連の旅行社の人も、特に立ち働いているようには見えない。官僚ホテルなのかと、ウンザリした。

夜、ひとりで町へ出てみた。ボリジョイ劇場が近くにあると聞いてそこへ歩いていった。すると、男が寄ってきて、英語で、「シガレット」という。黙っていると、「ストッキング」という。凍りついた路を、その男としばらく並んで歩く羽目になり、気味悪かった。その男に気をとられてボリジョイ劇場がどんな建物なのか、全然記憶に残っていない。

観光バスの案内役はモスクワ大学日本語科の女子学生だった。こんどはかなり上手に日本語を操っていた。あるところでバスを止めた。「左下に見えるのは、温水プールです」という。ぼくは、温水プールがあることを示すだけかと思ったが、見ていると、もうもうと立つ湯気の中に、はだかの人が見えた。気温はマイナス二十八度といっていた。いかに温水といえ、この気温の中で、プールからあがったら、瞬時に凍ってしまうのではないか。しかし、はだかでプールの周りを走っている人が幾人も見えた。温度に対する耐性は、民族とか場所によって大いに異なるものであることを、その後のヨーロッパ体験でも知ることになった。

闇夜の黒い車

前述のとおり、モスクワからポーランドのワルシャワまでは、汽車で行くことにしていた。

汽車の中に食堂があるのか、それさえ心配だったので、用心のため、パンなどの食料を買って乗車した。果たせるかな、食堂車などなかった。外の景色はただただまっ白な原っぱや森や丘が続くだけ。ごくたまに人家がまっ白になって見えるだけだった。今、何の障害もなく走ってもこんなに長い時間走り続けなければならないのだから、ナポレオンの時代、ヒトラーの時代、敵と戦いながら、徒歩で、あるいはせいぜい馬車や戦車でこの距離を走ったら、そりゃあばてただろうな、という感想をもった。密集した中央ヨーロッパの人間は、この広大な土地で起きることを想像することはできなかっただろうと納得した。

ポーランドのワルシャワに近づいたころには、買っておいた食料もなくなったので、車内のキオスクへ行った。日本でいえば昔の郵便局の窓口のような小さな窓口に行列して、パンとハムを買った。ドイツ語ではシンケンというが、ロシア語ではチンケンというらしいので、「チンケン」といって買った。

ぼくが窓口のロシアの売り子さんとドイツ語で苦戦していると、待っている行列の中からひとりの男が寄ってきて、ドイツ語で話しかけてきた。ぼくはホッとした。その男が、「ワルシャワでのホテルは決まっているのか」というので、「いや」と答えると、「では、私がいいホテルへ連れていってやろう。町の中心だ」という。「では、ワルシャワに着いたら会おう」といって別れた。駅に着いて、「あの男、ほんとに来るかな」と思っていると、ほんとに改札口で待っていた。「なんというホテルか」ときくと、「ホテルセントラルだ」という。ぼくはひょっとしてへんなホテルとか、架空の名かもしれないと思い、インフォメーションへ行き、「ホテルセントラルとはどういうホテルか」ときいてみた。すると、「それは町の中央広場にある、いいホテルだ」とのこと。一応安心して、その男について行くことにした。

駅舎を出ると、タクシー待ちの長い行列があった。しかし、男はその列を横目に、どんどん先へ行く。へんだなと思っていると、もう駅の明りのとどかない、暗い広いところへ来てしまった。これはやばいことになったか、と思った。日本人は金があると思われているらしいので、ぼくも狙われたかと思った。しかし、もしかしたら単なるヤミタクシーかもしれない。そんなのは日本にもたくさんあった。それに一対一なら、襲いかかられたって負けやしない。そう思ってなおいっそう暗い、ひと気のない広い道へ進んでいった。すると、黒ぬりの車が一台とまっていた。男はこれだ、と指さして、後部トランクを開け、ぼくのトランクを入れた。やめるなら今だと思ったが、一応親切そうにやってくれるので、まあいいかという気持ちで、されるままにした。男が後部ドアーを開けて、「乗れ」と合図する。やめようか、と思ったが、「まあなんとかなるだろう」と思って乗った。乗ってみると、運転席にはもう運転手が座っている。ということは二対一になってしまったのだ。「これはやっぱりやばいかな。とび出そうか」と一瞬、動揺した。

エンジンがかけられた。その瞬間、まっ暗やみから警官がふたりとびだしてきて、運転席のドアーを開け、なにやら激しい口調で叫んでいる。車の男たちも激しく言い返す。ぼくにはまったくわからなかったが、とにかく何らかの違法行為だったのだろう。そのうちにひとりの警官がぼくにむかって、「タクシー、タクシー!!」と叫んで、タクシー乗り場のほうを指さす。あそこへ行けというのだろう。ぼくは、ほっとして車から出た。警官のひとりが、男にトランクを開けさせ、ぼくのトランクをとりだして、ぼくに「持て」と渡してくれた。ぼくは、ほっとしてタクシーの列へ向かった。ぼくは乗場へ行って列に並んだ。暫く待って、順番が来たので、やれやれと思ってタクシーに乗り、「ホテルセントラル」と行き先をいった。そのとき、タクシーの助手席のドアーがサッと開けられ、さっきの男が乗りこんできた。ぼくは、息をのんだ。これはやっぱりやばいことだったと思った。これだけしつこく追ってくるのは、強盗だろうと思った。

タクシー運転手の男との間で激しいどなりあいがおきた。運転手は追いだそうとしているらしかったが、男は出ていかない。

何分位、どなりあっていたのか。ぼくにはとても長く感じられた。しまいに、男はしぶしぶ出ていった。運転手は何かブツブツいいながら車を動かしてくれた。ぼくはほっとした。暗い町を走ってそのホテルに着いた。名前の通り、町のセンター広場にある立派なホテルだった。

今から考えればずいぶん無謀な話だが、ぼくはワルシャワのホテルの予約をしていなかったのだ。それでも部屋はとれて、荷物を入れた。すると急に気が軽くなって、「さっきの男、ホテルのバーで飲もうなんていってたけれど、ひょっとするとひとりで後から来るかもしれないな」と思い、ホテルの外へ出てみた。真冬のワルシャワだから、人通りはない。町中が凍りついているような寒さだった。ぼくは暫くホテル前の歩道で待ってみたが、あの男は姿を見せなかった。

あの男は本当は何だったのだろう。単に東洋人に興味をもち、ドイツ語が通じるので、親切心を出して、ホテルに案内してやろうと思ったのだろうか。そしてあの暗闇にいた車は、迎えに来ていた個人の車だったのか。それとも違法の白タクか。それとも、実はぼくを狙った追いはぎだったのか。ついにわからないまま終わった。

翌日はワルシャワの町をひとりで歩き回ったのだが、前夜のことが余りに強烈だったので、なんとなくこわくて、町を見ていなかったようだ。町のことはほとんど何もおぼえていない。

東西分割のベルリンへ

ホテルセントラルに二泊して、飛行機に乗った。東ベルリンに向かったのである。当時は、共産圏からまっすぐ西側の飛行場へ飛ぶ便はなかった。

東ベルリン空港から、まっすぐ西ベルリンへ入るバスがあった。まっすぐとはいっても、東西境界線にある検問所チェックポイント・チャーリーでは、バスに乗ったまま数時間待たされた。東から西への逃亡者を発見するために、極めて厳しい検問が行われていた。バスから見ていると、乗用車もバスもトラックも、荷台はもちろん座席も上げて検視していた。それどころか、大きな鏡のついた台車のようなものを車の下につっこんで、下面まで調べていた。車の下にはりついて脱出したケースが発見されたことがあるから、ということだった。

ぼくの乗ったバスの番になると、東ドイツの警官が乗りこんできて、一人ひとり、パスポートを見、顔と写真をたんねんに照合し、カバンも開けさせられた。外国人はドイツ人よりゆるやかな調べ方をされるときいていたが、ものものしくて緊張させられた。

西ベルリンでは、ドイツオペラのヴァイオリニスト、アルビン・デルゲ氏の家に泊めてもらった。ドイツオペラが日本へ来たとき、東京の町を案内してあげた御縁で、泊めてもらうことになったのである。着いてすぐ、二日前に、東西の壁をこえようとした若者が東側から射撃され、壁の東側に落ちたため、数時間うめいて死亡したというホットニュースを聞き、東西対立の現実を知った。

滞在中に、チェックポイント・チャーリーの脇にある脱出者の記念館を見に行った。一九六一年（昭和三十六年）に東西ベルリンを分割する壁ができたときの様子、それ以来の脱出の成功写真、失敗して悲劇の最期をとげた人の追悼写真などがあった。迫力があったのは、地下道を掘って脱出してきた記録写真と、脱出路を作るのに使った道具などだった。自動車に鉄板を貼りつけて、射撃に耐えるようにして脱出してきた実物もあった。

それらのひとつひとつが、生命の危険すれすれの状況で使われたことを思うと、胸がしめつけられた。そして、日本ではこの現実はわからないと思った。

デルゲ氏宅の近くの地下に、アウトバーンが通っていた。一ヶ所だけ、その地下道が空に口をあけているところがあった。ある日の夕方、ぼくは散歩の途中、そこに寄ってみた。下をのぞくと広い道幅の道路を自動車が猛スピードで走っていた。ぼくは、「これがアウトバーンか」と見入ってしまった。何の障害もない広いアスファルト道路を、猛スピードで走っていく自動車。ぼくにはそれは大きなカルチャーショックだった。もちろん日本にも自動車はあったが、それはせまい道を、人をよけながら走るものだった。そしてスピードは、はるかに遅かった。ぼくは、日本を離れてドイツに来ていることを実感した。

ベルリン滞在は短かった。大晦日に爆竹をならすことを初めて知った。中国のようだと思った。

ドイツでの初仕事

ドイツでは正月は特別に祝わない。大晦日に盛大に花火を打ち上げて、「元気に新年に突入しよう」と気勢をあげるだけである。そして元旦は、みんな寝坊する。そのことを一九六七年（昭和四十二年）元旦、西ベルリンで確かめて、二日に西ドイツ・ゲッティンゲン行きの長距離バスに乗った。西ベルリンを出て東ドイツに入るには、長時間の検閲があった。西ドイツとの国境の町ヘルムシュテットで、また長時間の厳しい検閲があった。ヘルムシュテットからは、アウトバーンを走った。ヒトラーが建設させた高速道路を初めて走って、ぼくは歴史の時間を感じた。この道路をどれだけ多くの人間が、戦争に巻き込まれて走ったことか。勝ち誇って。あるいは涙して。これは二十世紀の舞台そのものだと思った。家々は東ドイツよりはるかにきれいだった。経済的な格差は明らかだった。

二日の夕方、憧れのゲッティンゲン駅前に着いた。憧れのという意味は、一九世紀にグリム兄弟がここで七年間教授をしていたからであり、現代では、クルト・ランケ教授が中心の民俗学研究所があるからであり、更には、第二次世界大戦後、核兵器廃絶を訴える「ゲッティンゲン宣言」が発せられた町だからである。

ゲッティンゲンの夕暮れには小雪が降っていた。地面はうっすらと白く凍てついていた。ここには誰も知人はいない。とても心細かった。いよいよ新しいことが始まるのだなと思った。

ここでもホテルは予約していなかった。駅の公衆電話においてある電話帳で、ホテルセントラルというのを見つけた。セントラルというからには町の中心部だろうと狙いをつけて電話し、シングルを予約した。タクシーで行ってみるとまさにセントラルで、中央広場から一丁入った小路にあった。安いし、便利で気に入った。それ以来今に至るまで、ひとりでゲッティンゲンへ行くとそのホテルに泊まる。

部屋に入って、クルト・ランケ教授宅に電話をした。この番号も駅の電話帳で仕入れた。ドイツの教授に電話するのは初体験だったので緊張した。電話口のランケ教授は、若々しい声で明瞭なドイツ語を話すのでホッとした。

「関敬吾先生からの紹介で、百科事典のために来ました」と述べたところ、まず、「あなたがドイツ語をしゃべるのはすばらしいことだ」といってくれた。後で聞いてわかったことだが、その半年前にここに来た関敬吾先生はドイツ語がまったく話せなかったので、お世話をするのが大変だったとのことだった。

翌朝、約束の時間に民俗学研究所に行った。ホテルからゆるやかな上り道を七、八分歩いた住宅街だった。三階建ての立派な住宅を、そのまま研究所として使っているのだった。

ランケ教授室へ通され、挨拶すると、彼はさっそくぼくを研究所の助手ゲルハルト・ルッツ博士に紹介してくれた。そしてルッツが事務所の三人の女性事務員と、百科事典編集室の主任フリッツ・ハーコート博士に紹介してくれた。

それから、図書室はここ、そしてトイレはここといって連れ回され、しまいに、「あなたの仕事机はこれ。タイプライターはこれ」といった。それから、「あなたに翻訳してもらいたいのはこれ」といって、三省堂刊柳田國男編の『全国昔話記録』全十三巻をぼくの前へ並べて、ルッツは自室へ戻ってしまった。

この十三巻は関敬吾先生が持参してきて、ランケに寄贈したものだった。ぼくの仕事は、これをメルヒェン百科事典のためにドイツ語に翻訳することだった。

ぼくは研究室にひとり残されて、他にすることはないので仕方なく、すぐに第一冊の第一話から翻訳にとりかかった。

ぼくはそのとき考えた。「もし日本にドイツから研究者が来たら、初日はこんなものじゃないだろう。歓迎会が開かれ、みんなでその客人にいろいろ質問を浴びせたり、歓迎の意を表するだろう。その違いは何を意味するのか」。

その後、ドイツ人との付き合いのなかで、日本とドイツの習慣と考え方の違いをくり返し体験することになったし、同じ問いをくり返し自分に発することになった。

一例を挙げると、ドイツの建物はどれもどっしりとしている。家の中のドアーもがっしりできている。ぼくはトイレに入ろうとするとき、必ずノックした。あるとき、ハーコートが笑ってぼくの肩を叩き、「あなたはなんでいつもトイレのドアーをノックするんだ」という。ぼくはへんなことをいうやつだと思ったが、「だってトイレじゃないか」といった。すると彼は、「トイレに入れば誰だって鍵をかけるんだから、ノックなんていらない。取っ手を回してみればわかるじゃないか」といってすましていた。理屈では確かにそうだ。いかにも理づめのドイツ人らしい考え方だと思った。

『全国昔話記録』の翻訳は、着々と進められた。数年前に関敬吾先生から『日本昔話集成』の翻訳の仕事をまかされて、翻訳の仕事にはある程度慣れていたので、あまりむずかしくはなかった。昔話の表現というものは、どの国でも同じことが多い。そこでぼくは、グリム童話のいくつかを丸暗記しておいて、日本の昔話の似た場面ではそれを応用するという方法をとったのである。

来る日も来る日も、タイプライターに向かって翻訳をしつづけた。五月初めに帰国するまでに、三冊終わった。この原稿は今でも研究所の資料室に、他の多くの国の昔話のドイツ語訳とともに保管されてある。

クルト・ランケ教授の講義にも出席させてもらった。教室は、グリム兄弟の時代からある講義用建物の一室だった。

内容は入門者用で、メルヒェン集の歴史と研究の歴史だった。おおよそのことは知っていたのでわかりやすかった。なかでも、日本で「馬の皮占い」とか「馬喰八十八」とよばれている笑話についての詳説が興味深かった。

ランケ教授のドイツ語は、いかにも教授らしい正確な発音と文章で、大変わかりやすかったし、聞いていて心地よかった。講義メモは持っていたが、ほとんど見ずに、学生に語りかけるように話すので、とても受け容れやすかった。講義が終わると、学生たちはこぶしを握って、指の背で机を叩いて答礼する。コツ、コツ、コツ、コツという音がしばらく教室中にひびくのである。はじめ何が起きたのかと思ったが、慣れると、いい習慣だと思うようになった。

学部用のこの講義は午前中にあり、大学院用の演習は、午後六時から八時までと八時から十時まで、計四時間あった。ドクトラントとよばれる大学院生たちは、その教授のところで学位論文を書くことが認められた大学院最上級の人たちである。その人たちは何らかの職をもっているので、夕方から授業を始めるわけである。高校教師、博物館員などだった。六時からの演習は、新刊研究書の紹介と批評だった。発表者がしゃべり終わると、出席者から質問や批評が活発にとびだした。日本の大学院とはずいぶん違うなと思った。

八時からの演習は、各自が進めている研究の中間発表だった。それぞれ学位論文をめざしたものなので、調査は詳細を極め、考察もさまざまな角度からされていて、なるほどと思った。ぼくが聞いたもののなかでおもしろかったのは、中世の教会における説教で使われた昔話、小話、寓話の研究だった。これはしばらくして、独立の研究書として出版された。

十時に演習が終わると、外は寒い。みなオーバーを着るのだが、驚いたことにランケ教授がさっとハンガーに近寄っていって、女性たちのオーバーをハンガーから取って、女子学生に着せてやるのである。女子学生のほうは遠慮するでなく、「ダンケ」といって腕をうしろにのばして、オーバーを着せてもらっている。ぼくは唖然とした。「ところかわれば品かわる」という言葉を思い出して納得した。

演習が終わると、みんなでワイン飲み屋へくりだした。ランケ教授が一緒のこともあった。学生や若者は、ビールのほうが安いので、ふだんはビール飲み屋へ行くのだが、演習の後に行くのは、いつもワイン屋だった。

そこではもちろん談論風発、活発な議論になった。ほとんどはその日の発表についての議論だった。ぼくも日本の昔話に関してなら自信をもって話せるので、いろいろしゃべった。ある夜、女子ドクトラントたちから、「トシオ、あんたはアルコールが入ったときのほうがドイツ語が上手だよ」といわれた。気がついてみると、確かに昼間のぼくはおしゃべりではない。しかし、ワイン屋では、みんなの議論に割って入っていた。ぼくは「いいことといってくれたな」と応じた。それ以来ぼくは、ビール、ワインを飲むときには、「これはドイツ語上達のために飲むのである」と宣言することにした。

ゲルトハルト・ルッツの演習にも出席させてもらった。学部学生のための、民俗学の基礎的な演習だった。ぼくはドイツ民俗学については、日本で、ドイツ語の本によってある程度は知っていたが、実際にさまざまな写真や資料を見ながら話を聞くと、ドイツの民俗が具体的にイメージされてきて、大変ありがたかった。

『メルヒェン・エンサイクロペディー』（メルヒェン百科事典）のための仕事は、毎日続けた。ぼくがいつもタイプライターに向かって仕事をしているのを見て、ある日ランケ教授が、「せっかくドイツに居るんだから、ドイツの美しいところも見てきなさい」といった。ぼくは、「いや、ぼくはこの仕事のために来たんですから」と、すまして答えた。相当つっぱっていたのだと思う。

ランケは、いかにも教授らしい風格の方だったが、実はこまやかな思いやりをもった人だった。「私のところで学位論文を書かないか」といってくれたが、ぼくは、わずか五ヶ月の休暇しかもらってきていないし、その後に留学してくるあてもなかったので、「今は考えられません」と答えた。残念だった。

メルヒェン百科事典

メルヒェン百科事典の編集室は、フリッツ・ハーコート博士が中心で動いていた。この当時の百科事典の構想では、世界中の昔話をドイツ語に訳して収録し、それをカタログ化するというものだった。従って、世界のあちこちから来ている留学生がランケの依頼を受けて、自国の資料をドイツ語に訳していた。特にスラブ諸族、中近東諸族の話が興味深かった。

分類の基礎になっているのは、フィンランドのアンティ・アールネとアメリカのスティス・トムソンが作った、『昔話の話型カタログ』というカタログだった（略してＡａＴｈまたはＡＴという）。主として欧米の話だが、アジア、アフリカ、南米などの話も収められていて、話の概要と分布が示されている。ハーコートはこのＡＴ番号をほとんど記憶していて、話を読むと、すぐにこれはＡＴ何番だということができた。当時のぼくにとっては驚きだった。「昔話研究の専門家とはこういうこともできなきゃいけないんだ」と思い知らされた。

当時、ハワイに住む池田弘子氏が『日本昔話話型カタログ』というカタログを英語で出版した。池田さんは柳田國男の高弟で、関敬吾先生の『日本昔話集成』を使って、それをAT番号にあてはめて並べかえたのだった。ただ、日本の話が、ATのものとぴったり合う場合は、同番号、同内容で都合がいいのだが、内容が違うものが同番号を与えられている場合が多々あり、相当用心深く扱わないと混乱がおきることに気づいた。

ある日ハーコートと、昔話の国際的カタログの話になった。彼は池田さんのカタログを知っていて、ぼくにあのやり方をどう思うかと尋ねてきた。ぼくは自分の意見を述べた。するとハーコートも、「自分もまったく同感だ。各国で実情に合った独自のカタログ組織を考えて、それをATとコンコルダンス（対照表）で結ぶのがいいと思う」といっていた。

ぼくがゲッティンゲンにいたころには、百科事典はまだ一巻も刊行に至らず、一九七五年（昭和五十年）にやっと第一巻第一分冊が刊行された。ハーコートは癌のため、すでにこの世にいなかった。

南ドイツの謝肉祭

一九六七年二月、ランケ教授が南ドイツの謝肉祭見学旅行を企画してくださり、ぼくも学生やドクトラントたちと共に参加した。早朝に貸切りバスで出発した。アウトバーンの途中で休憩した。まだ午前中だったが、ランケ先生がビールとキルシュヴァッサーを注文した。キルシュヴァッサーとは日本語に訳せば「桜水」である。ぼくは「桜茶」のようなものを連想して、まねしてキルシュヴァッサーを注文した。出てきたのは、なんと四十五度の強烈な焼酎だった。ランケはそれを飲んでは、胃の中をうすめるのだといって、ビールを飲んでいた。

南ドイツの黒い森とその南側の村々に伝わる謝肉祭《ファスナハト》は、古代ゲルマンの信仰と習俗の一端を今に残すものとして、キリスト教国ドイツの中では特異なものである。ドイツ民俗学を学ぶ者としては、必ず知っておかなければならない行事である。日本の「なまはげ」など、冬送りの行事と極めて似ていて、日本人であるぼくには大変興味深かった。

シュランベルクという村では、大学御一行様ということで、大歓迎を受けた。夜、ファスナハトの大パーティーになり、酒を飲む者、歌う者、ダンスをする者と、大さわぎだった。大学一行も地元の人たちと楽しくやっていた。ぼくもダンスに入って踊りまくっていた。そのうちに黒髪のイタリア女性に誘われて、彼女と踊った。とても上手な人で、こちらもいい気になって踊った。ふと見ると、御一行席にいるルッツ博士が、しきりに手まねきをしている。ぼくは一曲終わったときに、残念だったがそのイタリア女性と別れて席へ戻った。するとルッツ博士がぼくの耳に、「イタリア女性には気をつけなさい」とささやいた。「なんだ、そんなことだったのか」とぼくはがっかりした。何か用事なのだと思ってもどったのに。ぼくは、「気をつけなさいというが、何に気をつけるんだか、たしかめたかったのに」といってやって、大笑いした。

旅の最後は、ライン河上流のラウフェンブルクだった。同名の村がライン河をはさんでスイス領とドイツ領にあり、昔は漁村だった。この村のファスナハトは、古い漁業組合《ツンフト》が主催していた。

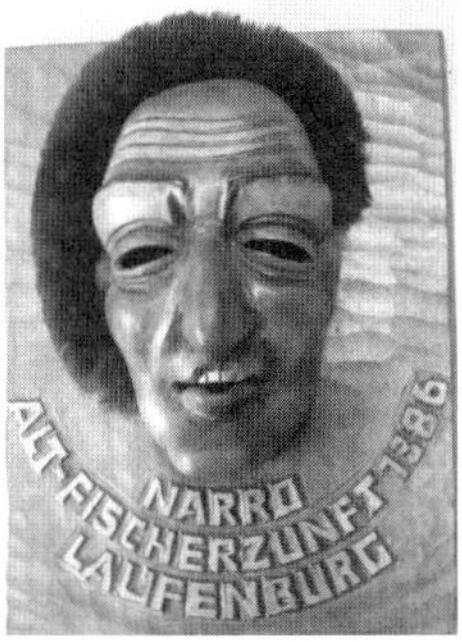

漁業組合の名誉組合員証のお面

約一週間続いた行事の最後に、漁業組合の総打ち上げ会があった。われわれ一行も招待された。会が進み、ツンフト全員が、村の古い大漁歌を合唱してくれた。土地ことばの歌だが、外国人であるぼくのために、長老が標準ドイツ語に訳してくれた。それは、「われわれの村ほど美しいところはない。われわれのライン河ほど水清く、魚がたくさん住むところはない。神よ栄光あれ」というようなものだった。

全員が声をそろえ、陶酔した面持ちで大声で歌うのを聞いていて、ぼくはこれこそ郷土愛だと思った。そして石巻の〝大漁唄い込み〟を思い出し、庶民の心は同じだと思った。

ぼくは二十五歳のとき、仙台の東北薬科大学に講師として就職してドイツ語教師のスタートを切ったのだが、薬学部の助手に、石巻の網元の息子がいた。彼は、酒の席になると、いい声で地元の民謡を歌ってくれた。ぼくは彼に〝大漁唄い込み〟を特訓してもらったので、正調で歌うことができる。

ラウフェンブルクのツンフトの男たちの大漁の歌を聞いているうちに感動したぼくは、思わず手をあげてしまった。そして、「日本にも同じように郷土を愛する漁民たちの歌がある。聞いてくれ」といって、歌詞をドイツ語で紹介してから、石巻の〝大漁唄い込み〟を歌った。終わるとやんやの大喝采を受けた。やおら組合長が立ち上がり、演説を始めた。「プロフェッサーオザワは、われわれに日本の同業者の歌を歌ってくれた。彼はわれわれの気持ちをよく理解してくれたのだと思う。わがツンフトの資格審査は厳しい。三代にわたってこの村に住んでいること、土地ことばが話せること、品行方正であることだ。しかし、私はあえて、プロフェッサーオザワをわが組合の名誉組合員に推薦したい」。すると会場に、「オー」という大歓声がとどろき、ぼくはたちまち名誉組合員とされた。

酒の席での冗談かもしれないと思っていたが、ぼくの帰国後、名誉組合員証として、本物の木彫りのお面が送られてきた。それにはフーゴー・エッカートという当地で有名なお面造りの銘が入っている。ぼくはそれを今でもわが家の居間に大切に飾っている。

ドイツ滞在の最後に、弟征爾がベルリン・フィルを指揮するコンサートを聴くことができた。アメリカからベルリンへ行くのに、わざわざフランクフルトで降りて、レンタカーでゲッティンゲンまで迎えにきてくれたのである。住所だけを頼りに町の中央広場《マルクト》まで車で来て、そこにいる人々に住所を見せたら、教えてくれたとのこと。突然の来訪にぼくは驚いた。彼の車でフランクフルトまで走って、飛行機でベルリンへ行った。

征爾が、ドイツのオーケストラを相手にベートーヴェンなどを振る度胸に感心した。ゲッティンゲンで、昔話の分野で、ドイツ人に日本の昔話や昔話研究を理解させることの困難さを強く感じていたので、それが指揮者とオーケストラの関係だったら、もっと大変だろうと想像ができた。

マックス・リュティ先生との出会い

南ドイツの謝肉祭見学の後、スイスのチューリッヒにマックス・リュティを訪ねることにした。ぼくは一九六二年（昭和三十七年）にリュティ著『ヨーロッパの昔話―その形式と本質―』の原書に出会い、衝撃を受けて、すぐ翻訳にとりかかった。その間、面識はないもののリュティ氏に手紙を書いて、いくつかの質問をしたことがあった。それで、ドイツに居る間に一度訪問したいとお知らせしておいたのだった。

北ドイツにあるゲッティンゲンから南のスイスまでは、長い汽車の旅だった。チューリッヒに着いたのは夜八時ごろだった。まだドイツに慣れていなかったぼくは、汽車の中で食堂車まで行く勇気もなく、夕食は着いてから食べようと思って、空腹のままチューリッヒ駅に降り立った。

チューリッヒは終着駅なので、汽車を降りると皆前方へ進む。ぼくも人々に混じって進んでいくと、プラットフォームのつけ根の左側にそれらしき紳士が立っていて、ぼくのほうをじっと見ていた。近づくと、「プロフェッサーオザワですか」と声をかけてくれた。マックス・リュティ先生だった。

その人は数学か物理の先生とでもいうような端正な感じで、少し猫背で、顔を少し傾けて話す人だった。ぼくは緊張して握手したことをおぼえている。今になって年齢を数えてみると、このとき、リュティ五十八歳、ぼくは三十六歳だった。

「食事はすませましたか」ときかれたので、ぼくは正直に、「いえ、まだです」と答えた。すると、「ではレストランへ行こう」といって、重々しい駅舎の二階のレストランへ連れていってくれた。ぼくは緊張しっぱなしだったが、何しろおなかはすいていたので、メニューの中から、いかにもスイス風と思えたものを選んだ。リュティが注文してくれた。

出てきた料理は、シャンピニオンがたくさんあって、卵ときざんだ牛肉のまざったものだった。大きなお皿にたっぷりと出てきた。ぼくは、もちろんリュティと少しおしゃべりしながらだったが、大いに満足して大皿を全部平らげてしまった。

リュティは、たしかコーヒーを飲みながらぼくとしゃべっていたのだが、ぼくが大皿を完全にきれいにしてしまうと、大皿を見ながら、「あなたは大食いだね」といった。ぼくは顔から火が出るほど恥ずかしかったけれど、でもおなかはすいていたし、そもそもぼくは食べものを残すことは大嫌いだったので、まあ仕方ないと思った。

でも、後から考えると、こうして初めから自分をさらけだしてしまったので、その後のリュティとのお付き合いは気楽だった。正直に、率直に話し、行動すればわかってもらえる、という手応えがあったからだ。事実そのとおりだった。何十年後の老人ホームでの最後の訪問まで。

ぼくが食べ終わると、リュティは、「ホテルをとっておいたから送ってあげよう」といって、自家用車で連れていってくれた。彼の運転で、車はチューリッヒの町の坂道をくねくねと登っていった。その運転は送りハンドルをするので、隣で見ていたぼくは、カーブのたびにハラハラし通しだった。

ぼくはスイスへ行くのは初めてだったので、じつは、スイスのワインを飲むことが一つの大きな楽しみだった。チューリッヒの宿に着いたら、と思っていた。ところがリュティ先生の車はどんどん山道を登っていく。まわりはもう町並みではなく、森になってしまった。ワイン酒場から遠去かっていくなぁと思ったが、まぁ、宿に着いてから町へもどればいいや、とたかをくくっていた。

ところが、ところが、「さあ着いたよ」とリュティ先生がいいながら門を入っていったのは、なんと「スイス禁酒禁煙婦人同盟」の宿泊所だったのだ。ガックリきたが、そのときにはまだ希望を捨てていなかった。町へ歩いてもどればいいやと。

ところがあてがわれた部屋の窓から見ると、チューリッヒの町の灯は、森をすかしてはるか下のほうにかすかに見えるだけ。とても歩いておりられる距離ではないことがわかった。

万事休す。スイスの第一夜はかくて禁酒のまま眠りについた。リュティ先生のことを思い出すと、何よりこのことが思い出される。初めてのヨーロッパでの緊張と、高名な学者との初めての出会いからくる緊張と、ワインへの憧れが崩れたことの三つが結合した、忘れられない夜だった。

翌日、ゾネックシュトラーセのリュティ宅を訪れた。それはヨーロッパによくあるアパートだった。奥様はギムナージウム（中学と高校が一緒になったような学校）の数学の先生ということで、威厳があり、声の割と低い、どっしりとした婦人だった。

ぼくの訪問の主たる目的は、翻訳中の『ヨーロッパの昔話—その形式と本質—』の内容について、いくつかの質問をすることだった。ぼくの質問に対して、もちろんリュティ先生自身も答えてくれたが、驚いたことに夫人も時々口をはさんで、補足的な説明をしてくれるのである。夫の唱える理論を完全に身につけていることがわかった。きっと、理論形成のよきパートナーだったのだろう。

リュティ夫妻にはお子さんがなかったので、家の中は学者の家そのものだった。彼の大きな書斎があり、あたり一面に本が並んでおり、重ねられていた。本の背中を読んでみると、彼の勉強が極めて広範囲であることがわかった。

ギリシャ哲学、ルネッサンス美術論、シェイクスピア研究、ベーコンなどイギリス哲学の本、そしてもちろん宗教改革のツヴィングリなどの著作やその研究書、それからゲーテ、シラー。彼はメルヒェン研究に入る前に、シェイクスピア研究者として注目を集めたのだった。『シェイクスピアのドラマ研究』という大著がある。決してメルヒェンだけを研究してきた人ではない。

午後は、彼の勤めている女子ギムナージウム（中等高等学校）に連れていってもらった。そのころ彼はまだ大学教授ではなく、中等高等学校の国語の先生だった。国語つまりドイツ語とドイツ文学担当である。大きな教員室のたくさんの教師の机に混ざって、彼の机があった。

リュティ先生の学位論文は、「メルヒェンと伝説における贈物」という精緻な研究だった。『ヨーロッパの昔話―その形式と本質―』は、その第二部として書かれたのだそうだ。ところがその説が革命的だったため、審査員であったフリードリヒ・ランケ教授とデボア教授が、「これは、贈物編のところと分離したほうがいい」といったことから、贈物編の部分のみを学位請求論文とし、第二部はのちに『ヨーロッパの昔話―その形式と本質―』という独立の本として発表したということだった。

その学位請求論文が出版されたとき、リュティ先生は、「この論文をまとめるにあたって、私の勤めているギムナージウムが一年間の研究休暇を与えてくれたことに感謝します」と書いている。それがこのギムナージウムだったのである。

若い研究者が研究をまとめて形にするときに、自由な時間を与えてやる制度、そこにぼくはヨーロッパの、学問を尊重する姿勢を感じた。しかも大学ではなく、中等高等学校の教員に対してもそういう研究奨励体制があることに、感銘を受けた。

翌日は寒い日だったが快晴だった。リュティ夫妻はホテルに迎えに来てくれて、チューリッヒ周辺の森へ散歩に行こうという。気温がどんなに低くても、晴れてさえいればそれはいい日なのである。もともと寒い国なので、気温は気にしない。冬は日が照ることが稀なので、日が照れば大喜びで外へ出るわけである。

チューリッヒをめぐる山の上の森は、まだまったく冬の様相だった。雪が凍りついていた。カサカサと乾いた足音をさせながら、白い道を長く散歩した。ぼくは、『ヨーロッパの昔話―その形式と本質―』の翻訳にあたってまだ疑問があったので、次々に質問した。「メルヒェンはひとつのショーだ」というくだりの「ショー」とはどういう意味ですか？　これが最大の疑問だった。それはドイツ語で「シャウ」という言葉である。辞書を引くと、「観照」というような抽象的な訳語が出てくる。だが、「メルヒェンはひとつの観照である」とすると、わかったようなわからないような表現になる。

リュティ先生の説明は明快だった。「それは英語でいうショーそのものなのだ。舞台で演じられるショー、あのことを指す」。脇から夫人もいろいろ補足して説明してくれたのをおぼえている。しかし、ただショーであると書くと、日本語訳としては誤解される恐れがあると思い、その後も悩んだ末、結局、翻訳としては「観照《ショー》」とした。見るもの、目の前にある視覚的に展開されるものという意味を伝えたいと考えたからである。だが、もし今後改訂の機会があれば、やはり「ショー」と訳そうと思う。

今になって考えるとそれは、岩手県遠野の語り手、鈴木サツさんが、「私が昔話を語るときも、絵が、こう、見えるような感じがするもの。そうだよ。父が語っているとき私に見えた絵が、こんど私が語るとき、その絵が見えるもの」といっていたそのことだったのだということがわかってきた。想念の中で場面として見えるもの、それをリュティもサツさんもいっていたのだった。

チューリッヒをめぐる山の森を散歩した翌日、リュティ夫妻はぼくを郊外へのドライブに連れていってくれた。

まずは巡礼地として有名なアインジーデルンの教会だった。日本では四国八十八ヶ所の札所をまわる巡礼のことは知っていたが、キリスト教世界でも巡礼というものがこんなに大規模に行なわれていることは、このときリュティ夫妻から聞いて、初めて知った次第である。

アインジーデルンの教会は壮大なものだった。そして教会の中はお香の薫りで満ちていた。そのころのぼくは、お香がヨーロッパのキリスト教会でも焚かれるとは知らなかったので、とても印象的だった。寒い季節だったので、人出はさほど多くなかった。季節のよい時期には、大変な人出になるとのことだった。

リュティ先生運転のドライブは、更にフィヤーヴァルトシュテーター湖へと進んだ。ここはシラーの戯曲「ウィルヘルム・テル」の舞台になったところだそうで、湖のまわりはうっそうたる森に覆われていた。時あたかも夕刻で、あたりはほの暗く、いかにも自由独立を求める反乱者たちが、密かに集って戦闘の準備をしているような雰囲気を感じた（この時写した夫妻の姿は、岩崎美術社刊『ヨーロッパの昔話―その形式と本質―』の巻頭にのせてある）。

その後一九七一年（昭和四十六年）から七三年まで、ぼくはマールブルク大学の客員教授としてドイツに滞在したのだが、その間にチューリッヒを訪問したときには、リュティ先生はチューリッヒ大学の民俗学科教授になっていた。そのポストは、リュティ先生の昔話学に対する特別な貢献を州政府が認めて、彼のために創設したとのことだった。そこでいわれる貢献とは、具体的にいえば、『ヨーロッパの昔話―その形式と本質―』のことである。この著作が、ヨーロッパの従来の昔話研究にない画期的な理論を打ち立てたことに対して、高い評価を与えたのである。

リュティ先生は、「メルヒェンと伝説における贈物」という学位論文と『ヨーロッパの昔話―その形式と本質—』という著作の完成のために、州政府から一年間の研究休暇をもらった。州政府はその上、彼が打ち立てた理論的業績に対して、学科を創設し、教授ポストを与えたわけである。

昔話研究というのは、じつは大変マイナーな学問分野である。民俗学の中でもほんの一部を占めるにすぎない。その国の国文学の分野でも同じである（この事情は日本でもまったく同じである）。それにもかかわらず、スイスでは、リュティ氏の昔話研究に対して、はっきりその業績を認め、極めてはっきりした形で賞賛したのである。

しかも、教育の場でポストを与えたということは、彼の昔話研究が、後の世代に継承されるように期待していることを、明確に示している。

一九六六年（昭和四十一年）末から六七年にかけての短いドイツ滞在は、ぼくにとって学問的刺激の強い、貴重な経験になった。そして、その後の本格的ドイツ滞在につながった。

（上巻おわり）

小澤俊夫（おざわ　としお）

１９３０年中国長春生まれ。口承文芸学者。

東北薬科大学講師・助教授を経て、日本女子大学教授、独マールブルク大学客員教授、筑波大学副学長、白百合女子大学教授を歴任。国際口承文芸学会（ISFNR）副会長及び日本口承文芸学会会長も務めた。現在、小澤昔ばなし研究所所長。「昔ばなし大学」主宰。

グリム童話の研究から出発し、マックス・リュティの口承文芸理論を日本に紹介。その後、日本の昔話の分析的研究を行い、昔話全般の研究を進めている。２００７年にはドイツ、ヴァルター・カーン財団のヨーロッパ・メルヒェン賞、２０１１年にはドイツ・ヘッセン州文化交流功労賞を受賞。

著書：『昔話の語法』（福音館書店）、『ろばの子』『グリム童話集二〇〇歳』『昔話のコスモロジー』（以上、小澤昔ばなし研究所）、『働くお父さんの昔話入門』（日本経済新聞社）他。

訳書：マックス・リュティ著『ヨーロッパの昔話―その形式と本質―』（岩崎美術社）、同著『昔話　その美学と人間像』（岩波書店）他。

ときを紡ぐ（上）昔話をもとめて

2017年5月27日　初版発行

著　者　小澤俊夫

発　行　有限会社　小澤昔ばなし研究所
〒214-0014　神奈川県川崎市多摩区登戸3460-1　パークホームズ704
TEL　044-931-2050　E-mail　mukaken@ozawa-folktale.com
発行者　小澤俊夫
印　刷　吉原印刷株式会社
製　本　株式会社渋谷文泉閣

ISBN 978-4-902875-82-9 Printed in Japan

MEMORIES OF MY LIFE: On the way to the Folktale
written by Toshio Ozawa
published by Ozawa Folktale Institute, Japan